ごんげん長屋つれづれ帖【五】

池畔の子

金子成人

双葉文庫

目次

ごんげん長屋・見取り図と住人

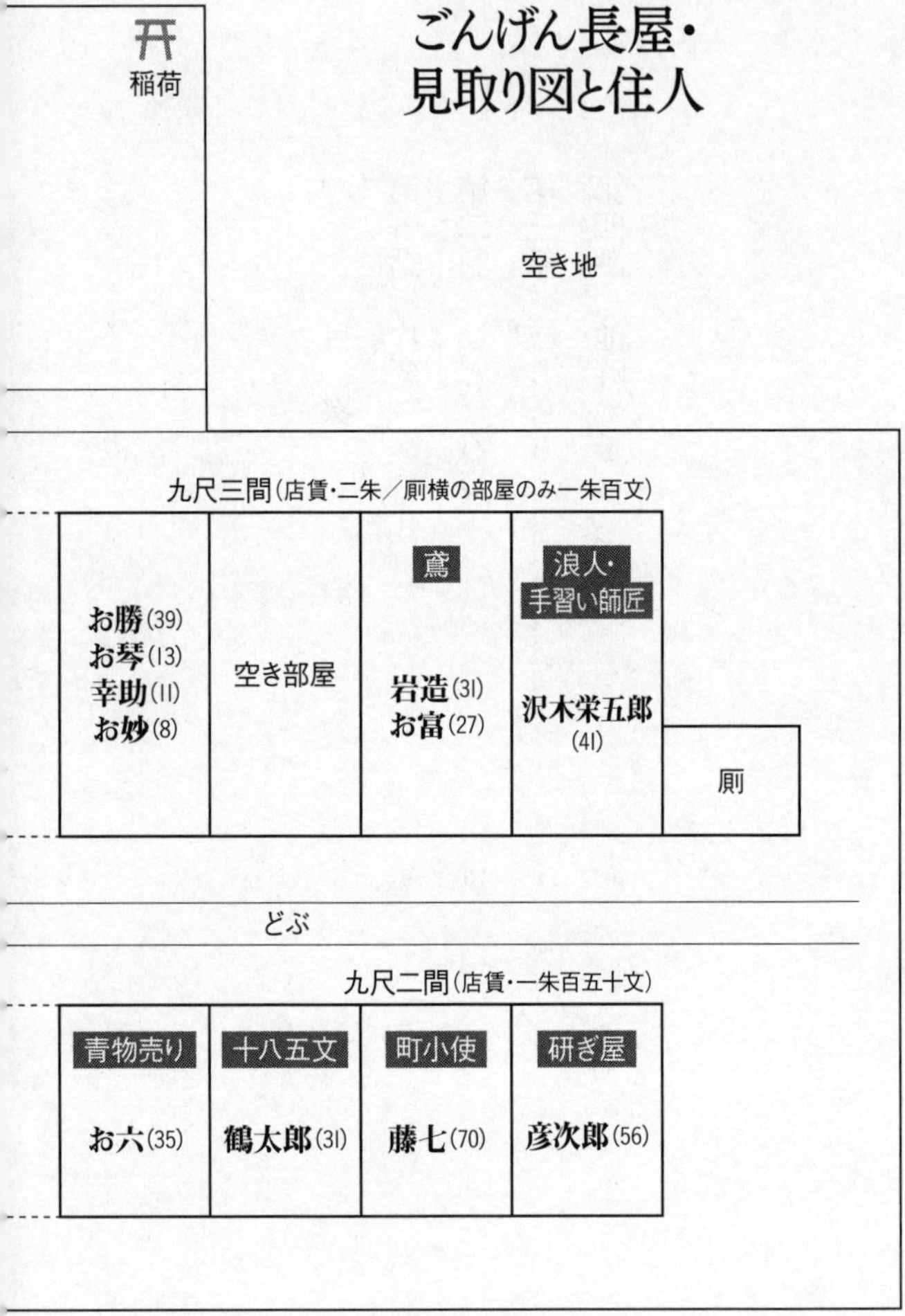

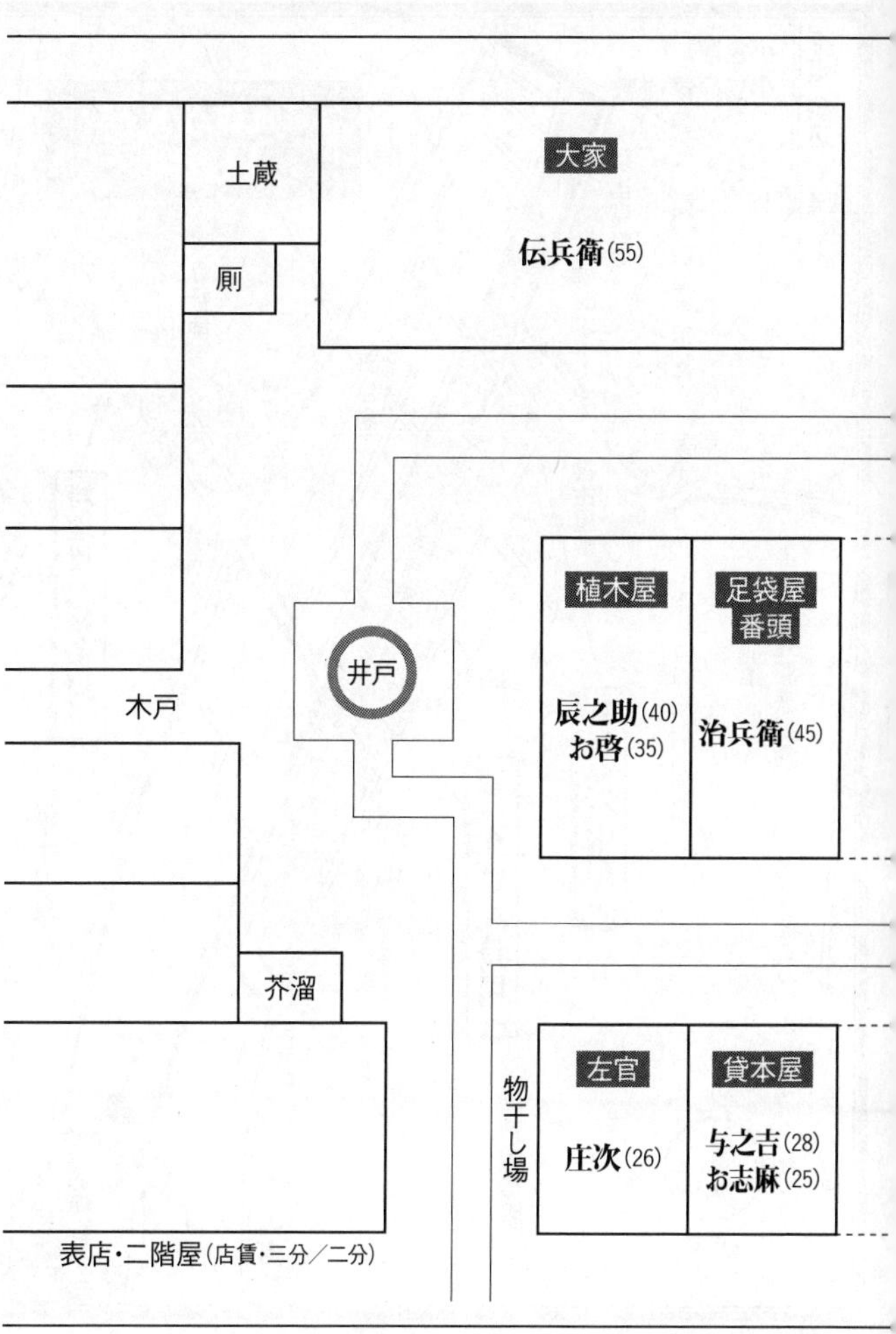

土蔵
厠
大家
伝兵衛(55)
木戸
井戸
植木屋
辰之助(40)
お啓(35)
足袋屋
番頭
治兵衛(45)
芥溜
物干し場
左官
庄次(26)
貸本屋
与之吉(28)
お志麻(25)
表店・二階屋(店賃・三分／二分)

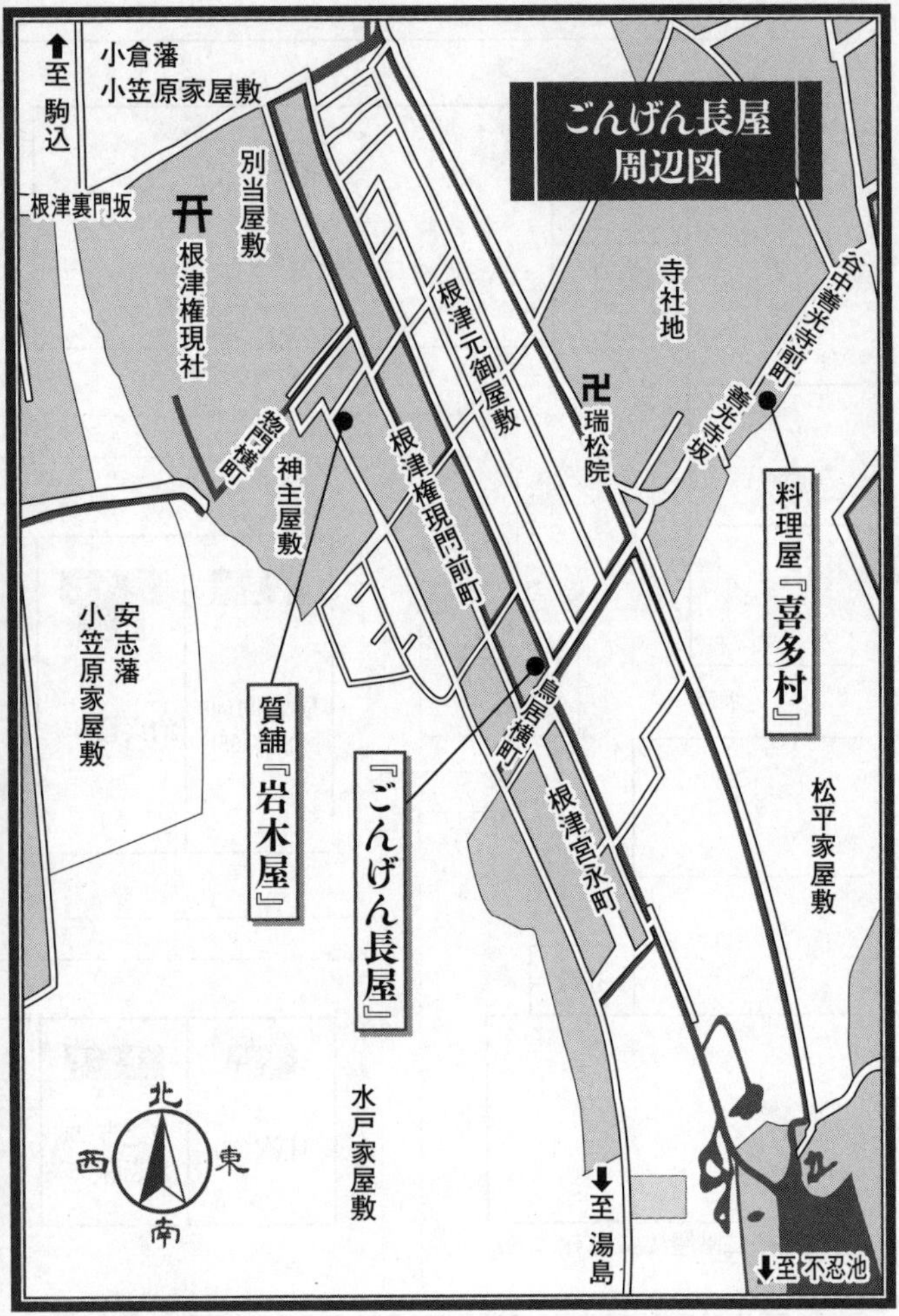
ごんげん長屋
周辺図
至 駒込
小倉藩
小笠原家屋敷
根津裏門坂
別当屋敷
根津権現社
根津元御屋敷
寺社地
谷中善光寺前町
善光寺坂
瑞松院
惣門横町
神主屋敷
根津権現門前町
料理屋『喜多村』
鳥居横町
安志藩
小笠原家屋敷
質舗『岩木屋』
『ごんげん長屋』
根津宮永町
松平家屋敷
水戸家屋敷
北
西
東
南
至 湯島
至 不忍池

ごんげん長屋つれづれ帖【五】

池畔《ちはん》の子

第一話　片恋《かたこい》

一

三日前、根津権現門前町《ねづごんげんもんぜんちょう》は、まるで野分《のわき》のような風雨に見舞われた。

その日の夕刻、灰色の厚い雲に覆《おお》われると、ほどなくして突風が吹き始めたのだ。

その風は、夜になって降り出した雨を巻き込んで『ごんげん長屋』の屋根を叩き、路地を突き刺すような凄《すさ》まじい雨音を轟《とどろ》かせたが、深更《しんこう》になってやっと収まった。

その後、天候は瞬《またた》く間《ま》に回復して、その朝は晴れた。

一昨日《おととい》と昨日、仕事場への行き帰りに見た界隈《かいわい》の樹木の新緑が、久しぶりの雨を吸ったせいか、さらに鮮《あざ》やかさを増したような感があった。

あと五日もすれば月が替わるという、文政《ぶんせい》二年（一八一九）、四月二十五日のこの日は、夜明けから青空が広がっている。

「おはよう」

お勝《かつ》は、娘のお琴《こと》とともに家を出ると、『ごんげん長屋』の住人が集まっている井戸端《いどばた》に向かって声を上げた。

すっかり白んだ路地には煮《に》炊《た》きの煙が漂っている。

あと四半刻《しはんとき》（約三十分）くらいで朝日が顔を出す頃おいである。

「おはよう」

井戸端から口々に声を返してくれたのは、植木職の亭主を持つお啓《けい》、火消し人足《にんそく》の女房のお富《とみ》、十八五文《とおはちごもん》の鶴太郎《つるたろう》、手跡指南所《しゅせきしなんじょ》の師匠をしている沢木栄五郎《さわきえいごろう》、それに、貸本屋《かしほんや》を生業《なりわい》にしている同じ長屋の住人、与之吉《よのきち》とその女房のお志麻《しま》たちだった。井戸の周りに陣取《じんど》って顔を洗ったり、朝餉《あさげ》の支度に勤《いそ》しんだりしている姿があった。

青菜《あおな》と茗荷《みょうが》を載せた笊《ざる》を持ったお勝と、手桶《ておけ》を提《さ》げたお琴が井戸端に進むと、

「お琴ちゃん、桶を置きな」

鶴太郎は縄を手繰《たぐ》って釣瓶《つるべ》を引き上げ、お琴の桶に水を注ぎ入れてくれた。

「ありがとう」

「なんの」

お琴に返事をした鶴太郎は、口に挿《さ》していた房楊枝《ふさようじ》をガシガシと動かして、鼻歌交《ま》じりで歯磨きを再開した。

「それじゃ、わたしは家に水を運ぶから」

「そしたら、お釜《かま》の火加減を見ておくれ」

お勝が声を掛けると、

「わかった。七輪《しちりん》の鉄瓶《てつびん》は下ろして、鍋《なべ》を載せておくよ」

朝餉時の段取りを熟知しているお琴は、手桶を提げて、急ぎ路地の奥へと向かう。

『ごんげん長屋』の正式な名は『惣《そう》右《え》衛門《もん》店《だな》』である。

家主の惣右衛門に確かめたことはないが、根《ね》津《づ》権現社《ごんげんしゃ》と因縁《いんねん》浅からぬ根津権現門前町に建っていることから、近隣の住人たちが『ごんげん長屋』と言い習わしたのだと思われる。

表通りから入って最初に眼にするのが、暮らしには欠かせない井戸である。

その井戸の先に、どぶの流れる路地を挟んで、棟割《むねわり》の六軒長屋が二棟、向かい合っている。

井戸から見て右側の棟が、九尺二間《くしゃくにけん》の広さで、左側の棟は九尺三間となっていて、月々の店賃《たなちん》には百文の差がついていた。

十三になるお琴を頭に、幸助《こうすけ》、お妙《たえ》ら三人の子供と暮らすお勝の家は、広い棟の、井戸から三軒目にあった。

「井戸端から随分《ずいぶん》と賑《にぎ》やかな声がしてましたが、何ごとだったんです？」

お勝は、青菜を洗い始めるとすぐ、誰にともなく口を開いた。

「それなんですよ、お勝さん」

洗い物をしていた二十七になる小太りのお富は、片手で虚空《こくう》を叩き、

「陽気もよくなって、藤だの牡丹《ぼたん》だのと、みんなが浮かれているっていうのに、わたしらはどうしたらいいのかねっていう話をしてたんですよぉ」

口を尖《とが》らせて不満の声を上げた。

すると、その横で米を研《と》ぎ終わっていたお啓は、

「うちの亭主なんか、女房を花見に連れ出してやろうなんて気は微塵《みじん》も起こさない野暮天《やぼてん》だからさぁ」

お富と顔を見合わせると、口をへの字にして頷《うなず》き合った。

「いやぁ、お啓さん。辰之助《たつのすけ》さんを野暮天と言うのは、いかがなものかなぁ」

栄五郎が、やんわりと異を唱《とな》え、

「植木の手入れを方々から請《う》け負って、辰之助さんはそれを律義にこなしているんですよ。決して、お啓さんのことをないがしろにしているふうには見えませんがね。それはお富さんのことも同じですよ。たまには女房を連れて亀戸天神《かめいどてんじん》の藤を見に連れていきたいとは思いつつも、いつ何時火事があるかわからないから、岩造《いわぞう》さんとすれば、気軽に遠くへ足を向けるわけにはいかないというところじゃありませんかねぇ」

己の推測を穏やかに述べると、お啓とお富の口からせつなげなため息が洩《も》れ出た。

「だったらさぁ、昼間、長屋に残った女衆だけで、花見に行けばいいじゃありませんか。亀戸が遠ければ、根岸《ねぎし》の円光寺《えんこうじ》や小石川《こいしかわ》の伝明寺《でんみようじ》でも見事な藤は見られるからさ」

鶴太郎が陽気な声を上げると、

「小石川にそんなお寺がありましたかね」

二十五になるお志麻が、訝《いぶか》るような物言いをした。

「それがあるんだよ、お志麻さん。その寺の近くには藤坂《ふじさか》って名のつく坂道もあるくらいだから、おそらく藤の名所だ」

鶴太郎はきっぱりと断じた。

十八粒の丸薬《がんやく》を五文で売り歩く十八五文《とおはちごもん》の鶴太郎は、江戸の諸方のことに詳しい。

「蜆《しじみ》はいりませんかぁ」

表通りの方から姿を見せたのは、ときどきやってくる、年の頃十《とお》くらいの蜆売りの男児だった。

「なんだい。今朝は遅かったねぇ」

お勝が声を掛けると、

「もう来ないと思って、豆腐《とうふ》の味噌汁《みそしる》にしちまったよぉ」

お啓からそんな言葉が飛び出し、

「今から砂抜きをしてると、うちの人の朝餉には間に合わないわねぇ」

お志麻からは呟《つぶや》きが洩れた。

「仕入れ先で足をくじいたもんだから、速く歩けなかったんだ」

男児は無念そうに首を傾《かし》げる。

「蜆なら、おれが貰《もら》うぞ」

いきなりしわがれた声が響き渡ると、丼《どんぶり》を手にした藤七《とうしち》が、七十とは思えないしっかりとした足取りで井戸端にやってきた。

「坊主、これに二枡《ます》入れてくれ」

「はい」

男児は頷くと、首から下げた木箱の蓋《ふた》を上げて、一合枡に掬《すく》った蜆を二杯、藤七の差し出した丼に盛った。

「一枡、五文だったな」

そう言いながら袂《たもと》に手を差し入れると、藤七は摑《つか》んだ穴明《あなあ》き銭《せん》を男児の手に握らせた。

「まいど」

男児は、藤七に笑みを見せるとすぐ、井戸端の住人たちに軽く頭を下げ、片足を幾分引きずりながら表通りへと向かった。

「気をつけてお稼ぎよ」

お啓が声を張り上げると、

「へぇい」

男児の声が返ってきた。

「人として、智無《ちな》き者は、木石《ぼくせき》に異《こと》ならず。人として孝無き者は、畜生に異ならず。三学《さんがく》の友に交《まじ》わらずんば、何ぞ七覚《しちかく》の林《はやし》に遊ばむ」

突如《とつじょ》、井戸端に幸助の声が届くと、

「ここんとこ、幸助とお妙ちゃんの、経文《きようもん》を読む声がするよね」

洗い物の手を止めたお富が、小さく呟いた。

「これは、『実語教《じつごきよう》』という書物に書かれている教えでして」

栄五郎がやんわりと口を開くと、

「あ、寺子屋《てらこや》で教えてる読み物だね」

一人合点《がてん》した鶴太郎は、うんうんと何度も首を上下させた。

「瑞松院《ずいしようい ん》の手跡指南所で学期末の試験で首席を取れば、沢木先生から褒美《ほうび》のお筆と半紙をいただけるっていうんで、子供たち、張り切ってるんですよ」

そう言うと、お勝は家の方に顔を向けた。

「となると、手跡指南所のお師匠は物入りだね」

「なんの。首席は学期末に一人だけですから、大した物入りじゃありませんよ」

栄五郎は、気遣《きづか》った藤七に笑顔で答える。

「こうげんれいしょく、すくなしじん〈巧言令色　鮮し仁〉」

路地の奥からお妙の声も届いた。

「これは、『論語《ろんご》』です」

栄五郎が解き明かすとすぐ、

「富むといえども、貧しきを忘ることなかれ」

お妙の声と張り合うように、幸助の声が一段と大きくなった。


お勝が番頭を務《つと》める質舗《しちほ》『岩木屋《いわきや》』は、根津権現社の南側にある。

『岩木屋』が店を開けるのは五つ（午前八時頃）だが、奉公人たちはその前に着いて、掃除など、店を開く前にしなければならないことがあった。

子供たちとともに朝餉を摂《と》ったお勝は、いつも通り、朝餉の片付けなど、後のことをお琴に託して『ごんげん長屋』を後にしたのである。

『岩木屋』は夕刻七つ半（午後五時頃）に店を閉めるのだが、帳面付けやら質草《しちぐさ》の管理などで帰りが遅くなることもあり、夕餉の支度はお琴に頼ることにして、朝餉の用意はお勝が引き受けている。

いっとき、一人で難儀することもあったようだが、お啓やお富などに助けを求める知恵を、お琴はいつの間にか身につけていた。

『岩木屋』が店を開けてからしばらくは、質入れや質草の請け出しにやってきた客でざわついたものの、一刻(約二時間)ばかりが過ぎると、店内から客の姿は消えた。

「旦那さん、帳場をお願いします」

お勝は主《あるじ》の吉之助《きちのすけ》に帳場を預けて蔵に入り、蔵番《くらばん》の茂平《もへい》、修繕係の要助《ようすけ》と、『損料貸《そんりようが》し』用の品々の点検と数量の確認作業に取り掛かっていた。

『損料貸し』というのは、引き取り手のない質草を蔵に眠らせたままにするのはもったいないということで、損料を取って品物を貸し出すことにした、質舗ならではの商《あきな》いである。

五月の端午《たんご》の節句《せっく》を控えたこの時季は、例年、節句祝いの品々を借りに来る客が増える。

鯉幟《こいのぼり》、吹き流し、玩具《おもちゃ》の槍《やり》や長刀、青龍刀《せいりゆうとう》などの要望が多いのだ。

親が買い揃《そろ》えたり、親戚などから贈られたりする分限者《ぶげんしや》もいるだろうが、男児が年に一度しか飾らない品を、わざわざ買い求める家はめったにない。知り合いから借りたり、損料貸しから借りたりすれば用が足りるのだ。

『岩木屋』には、そんな品々がかなり揃っていた。

帳場の奥の二階建ての蔵には、祝儀不祝儀《ぶしゅうぎ》の寄合《よりあい》に使う酒器や膳《ぜん》や器《うつわ》の数々をはじめ、掛け軸、屏風《びょうぶ》、衝立《ついたて》から、炬燵櫓《こたつやぐら》や掻巻《かいまき》、布団、火鉢《ひばち》に手焙《てあぶ》り、行灯《あんどん》、燭台《しょくだい》など、季節ごとの暮らしに使う道具まで置いてある。

さらに言えば、書画骨董《しょがこっとう》から刀剣、着物、櫛笄《くしこうがい》、褌《ふんどし》に至るまで用意してあった。

「これからは、行水用《ぎょうずいよう》の盥《たらい》がないかと来る人が増えると思いますが、三つだけで夏の盛りを乗り切れますかね」

要助が不安を口にすると、

「盥ひとつを長屋中で使い回してぶっ壊したあげくに、竈《かまど》の焚《た》きつけにした野郎もいたし、数を増やしてもこっちが損するだけだよ」

来年は五十になる髭面《ひげづら》の茂平が、突き放したような物言いをすると、要助は「なるほど」と呟いた。

「それじゃ、生地《きじ》にひびの入った人形と虫の食った吹き流しは馴染《なじ》みの屑屋《くずや》にやることにして、他の品揃えはいけそうだね」

お勝の問いかけに茂平と要助が頷いて、半刻（約一時間）ばかりを費《つい》やした確認作業を終えた。

不忍池《しのばずのいけ》の水面《みなも》が、中天《ちゅうてん》から照りつける日射《ひざ》しをぎらぎらと跳ね返している。

ほどなく、九つ（正午頃）という時分である。

女物の菅笠《すげがさ》を被《かぶ》ったお勝は、頭に被った手拭《てぬぐ》いを頬《ほお》の辺りで縛った弥太郎《やたろう》の曳《ひ》く大八車《だいはちぐるま》の先に立って、池の西岸の道を根津の方へと向かっていた。

下谷同朋町《したやどうぼうまち》近くの御徒大縄地《おかちおおなわち》に、損料貸しの燭台や膳を届けた後、近隣の家に貸していた品々の引き取りも終えて、『岩木屋』に戻る途上である。

下谷から根津の『岩木屋』にまで質入れに来る客はほとんどいないが、時節に入り用の品を求めて、損料貸しに頼る客は少なくなかった。

池の畔《ほとり》を道なりに左に曲がり、突き当たりの丁字路《ていじろ》を右へ折れたところで、

「あ」

お勝は思わず声を上げて、足を止めた。

行く手から来た武家の奥方らしき女と、すんでのところでぶつかりそうになったのだ。

「ご無礼を」

お勝が詫《わ》びを口にすると、

「こちらこそ」

切り花の束《たば》を手にしていた女が、穏やかに返答して行きかけたが、

「弥太郎さんじゃありませんか」

と、大八車を曳いていた弥太郎に声を掛けた。

「こりゃ、斉木《さいき》様」

頭の手拭いを取った弥太郎が、弾《はじ》けそうな笑みを浮かべて腰を折ると、思いついたようにお勝に顔を向け、

「こちらは、ときどき損料貸しの炬燵櫓や手焙りなんかを借りていただいてる、この先の池之端七軒町《いけのはたしちけんちょう》の斉木芳乃《よしの》様でして」

年の頃三十ばかりの、武家の奥方と思《おぼ》しき女をお勝に取り持った。

「これはこれは、一年ほど前から『岩木屋』をご贔屓《ひいき》にしていただいております斉木様のお名は、存じ上げております」

「弥太郎さん、こちらは」

訝るような芳乃の声を聞いて、

「申し遅れました。わたくしは、質舗『岩木屋』の番頭、勝と申します」

「お名は弥太郎さんから聞いております」

「今後ともよろしくお願い申し上げます」

お勝が丁寧《ていねい》に腰を折る。

「こちらこそ、弥太郎さんには何かと世話になっておりまして、お礼の申しようもございません」

芳乃が軽く頭《こうべ》を垂れると、

「いやいや、世話と言われるような世話をした覚えはありませんがね」

そう口にして右手を左右に打ち振った弥太郎の顔は、こぼれそうな笑みに満ちていた。

「おや、小四郎《こしろう》さん、昼休みでお帰りですね」

弥太郎が、芳乃の横に並んだ十くらいの男児にも笑みを向けると、

「番頭さん、こちらは奥方様のご子息の小四郎様でして、しかもあれですよ、番頭さんとこのお妙ちゃんや幸坊とおんなじ、谷中《やなか》瑞松院の手跡指南所に通っておいでなんですよ」

まるで斉木家の身内のような物言いをした。

「そうでしたか」

お勝が眼を向けると、袴《はかま》に小刀を差している小四郎は、畏《かしこ》まっているのか、ぎ

くしゃくと微《かす》かに頭を下げた。

「それでは、わたしどもはこれで」

芳乃はそう言うと小さく辞儀をして、小四郎とともに丁字路の南の方へと足を向けた。

「番頭さんとこのお妙ちゃんと幸坊には弁当を持たせているそうですが、斉木様のところは、奥方が家においでだから、小四郎さんは昼餉時に一旦戻ってくるんですよ」

車を曳いて動き出すとすぐ、弥太郎は、並んで歩くお勝に斉木家の内情を洩らした。

「奥方様は、弥太郎さんに世話になってると言っておいでだったねぇ」

「いやなに、さっきも言った通り、大した世話なんかしちゃいませんよ。ただね、あそこの家は母子二人暮らしで男手がありませんから、ちょっとした力仕事とか、畳替えとか戸の修繕とかを手伝ってるだけでして。けど、言っておきますが、『岩木屋』の仕事中に行くってことは一切ありませんから。仕事の行き帰りに立ち寄って、変わりがないか様子をね。ほら、何せ、母子二人暮らしで不用心だし、それに奥方様からも、小四郎の兄代わりになって、世間のことを教えてやってくれなんて、頼まれてもおりますもんで、ええ」

斉木母子との交誼《こうぎ》について口にする弥太郎の目尻は下がりっ放しだった。破落戸《ごろつき》に因縁をつけられても怯《ひる》むことのないいつもの弥太郎とは別人のように、その表情には締まりがなかった。

二

『ごんげん長屋』は、日が沈んでから四半刻ばかりが経《た》っていた。

戸口の障子に外の明るみが映《うつ》っているお勝の家の中では、お勝と三人の子供たちが箱膳《はこぜん》を前に夕餉を摂っている。

お琴が作った夕餉の膳には、焼いた丸干し鰯《いわし》や奴豆腐《やっこどうふ》の他に、飯と味噌汁が載っており、腹を空かせていたのか、子供たちは一心に箸《はし》を動かしている。

井戸端の方からは時折、釣瓶のぶつかる音や水を注ぐ音がしている。遅い夕餉の支度をしたり、仕事から戻った住人が昼間の汗を流したり手足の汚れを落としたりしているに違いない。

「そうそう。今日、不忍池の近くでね」

飯を飲み込んだお勝が箸を止めて、思い出したように口を開いた。

瑞松院の手跡指南所に通っているという武家の男児を、車曳《くるまひ》きの弥太郎から引き合わせてもらったのだと告げると、

「瑞松院に来る武家の子なら、小四郎しかいないな」

食べることに気が行っているのか、幸助は気のない声を出した。

「へぇ、幸助は武士の子を呼び捨てにしてるのかい？」

お勝が何気なく口にすると、

「おれより年下だから、いいんだよ」

口を尖らせた幸助は、鰯の身を箸で摘《っ》まんだ。

「下っていうと、いくつだろ」

「お師匠様が、九つって言ってらした気がする」

お妙はお勝の疑問に答えたが、その声も小四郎のことに関して興味がありそうには思えない。

お妙が口にしたお師匠様というのは、同じ棟の一番奥に住んでいる沢木栄五郎のことである。

「九つで幸助のふたつ下ということは――」

「わたしのひとつ上」

味噌汁を飲んだお妙が、お勝の呟き声に返事をした。

「そういえば、わたしが通ってる時分に、武家の子が手跡指南所にやってきた覚えがあるわね」

「きっとその子よ。その子以外、瑞松院に武家の子はいないもの」

お妙があっさりと答えると、お琴はうんうんと頷いて、箸を動かした。

お琴は、昨年の秋まで、幸助やお妙とともに瑞松院の手跡指南所に通っていたのだ。

冬からは、知り合いの料理屋に通い奉公をすることになっていたのだが、お勝が憂《うれ》いなく『岩木屋』の番頭を務められるようにと、お琴は『ごんげん長屋』の留守宅を切り盛りする決意をしたのである。

「あいつ、武家のくせにどうして瑞松院に来たんだろ。武家は武家の行く手跡指南所があるんじゃないのか」

「その子とは、そんな話をしたことないのかい」

食べながらお勝が問いかけると、

「話したことなんかないもん」

幸助から素っ気ない返事が発せられ、「わたしも」というお妙の声が、間髪《かんはつ》を容《い》れずに飛び出した。

「武家の子が通う手跡指南所から追い払われたに違いないな。いつも愛想《あいそう》のない顔してるのは、町人に交じって机を並べなきゃならないことに腹を立ててるからだよ」

幸助はそう断じた。

「お妙たちが話しかけたら、案外話をしだすのかもしれないよ」

「その通りだよ」

お勝がお琴の尻馬に乗った。

だが、

「どうせ、おれたちなんか、相手にはしないさ」

幸助から冷ややかな声が上がると、

「わたしたちとは、身分が違うって、きっと向こうはそう思ってるよ。町人の子とは口なんか利《き》きたくないって。だってね、ちょっと眼が合ったりすると、顔をしかめて眼を逸《そ》らすんだから」

お妙からは手厳しい言葉が吐き出された。

「だいたい、話しかけたくても、みんなあいつの腰の刀が怖いんだよ。何かあって斬られたりしたらって、用心してるんだ」

「そうなんだよ。普段は何も威張《いば》り腐ることもないし、悪いこともしやしないけど、とにかく口数が少ないんだ。そういう子って、腹の中で何を思ってるか知れやしないから怖いし、嫌いなの」

お妙は、幸助に続いて小四郎評を口にすると、残っていた味噌汁を一気に飲み干した。

すっかり日が沈んだ『ごんげん長屋』の井戸端に、三つの人影があった。

夕餉に使った茶碗や箸などを重ねた鍋を持ったお勝と、釜を持ったお琴が井戸に近づくと、体つきと髪形から、三つの人影は、お啓とお六《ろく》、それにお富だとわかった。

「お勝さんとこは、夕餉の間中、難しい話をしていたそうじゃありませんか」

お六から陽気な声が掛かった。

「ええっ。ここまで聞こえてたんですか」

お琴が頭のてっぺんから声を出した。

「湯屋《ゆや》の帰りに、戸口の外で話が聞こえてしまってね」

どこからか、年の行った男の声がした。

井戸端の物干し場の暗がりで、一瞬、赤い火が見え、薪《まき》の束に腰掛けていた彦《ひこ》次郎《じろう》と、その横で煙草《たばこ》を吸っている藤七の顔が浮かび上がった。

戸口の外で聞いたというのは、おそらく路地の一番奥に家のある彦次郎だろう。

「なんでも、手跡指南所の話をしていたんだってね」

藤七はそう言うと、煙管《きせる》を左の掌《てのひら》に当てて、吸いかすを落とす。

「手跡指南所に武家の子がいるとわかったもんだから、うちの子たちに確かめていたんですよ」

そこまで口にしたとき、井戸端の女たちの眼が一斉にお勝の背後に向けられた。

路地の奥から、草履《ぞうり》を履いた女の影が近づき、お勝ら住人たちに眼を向けることなく表へと通り過ぎていった。

宵闇《よいやみ》に浮かんだその横顔は紛《まぎ》れもなく、昼間、池之端の路上で会った斉木芳乃である。

「ほんの少し前、沢木先生を訪ねてきたんだよ」

藤七が、声を張るでもなく、のんびりと口を開いた。

「お富さん、あんた隣なんだから、話は聞こえたんじゃないのかね」

秘めごとでも聞き出すかのように、お啓が声をひそめた。

「なんですか人聞きの悪い。ひそひそ声で、話の中身までは聞こえませんでしたよぉ」

そう言うと、お富は洗い終えた最後の茶碗を水切りの笊に重ねた。

「沢木さんに、ついに遅い春が来るのかねぇ」

彦次郎はそんな感想を持ったようだが、

「それだといいんですけどね」

お勝には、芳乃の様子から推《お》し量《はか》るに、栄五郎に春が来るようには思えない。

「沢木先生だ」

お琴が、路地の方を見て呟いた。

路地の奥から、茶碗などを放り込んだ釜を抱えた栄五郎が井戸端にやってきて、

「夕餉の途中で客があったもんですから、やっと今食べ終えましたよ」

住人たちに苦笑いを見せた。

「今みんなで、先生の家を訪ねた女の人は誰だろうと話をしてたとこなんですよ」

笑みを浮かべたお啓が、その場の皆を巻き込んだ物言いをした。

しかし、栄五郎は動じることなく、

「瑞松院の手跡指南所に通う子の母親でして」

すんなりと返答した。

「独り者かい」

「いえ。詳しいことは知りませんが、男児と二人暮らしなんですよ」

栄五郎は、藤七の問いかけにも落ち着いて答えた。

「あの女の人が後家さんだとすると、ひょっとしたら、沢木先生にも春が来るのじゃないのかねぇ。え、どうなんです？」

お啓が露骨《ろこつ》に踏み込むと、

「いやぁ」

問いかけの真意に気づいて、栄五郎は初めて困惑した様子を見せた。

沢木栄五郎の家は、お勝一家が住む棟の一番奥にあり、彦次郎の家と路地を挟んで向かい合っている。

九尺三間の棟だから、店賃は二朱のはずなのだが、住人共用の厠《かわや》と境を接しているため、九尺二間の店賃より少ない一朱百文と割安になっていた。

「ま、お掛けください」

戸を開けてお勝を招じ入れた栄五郎は、土間の框《かまち》を指し示した。

井戸端で洗い物を済ませたお勝は、岩造とお富が打ち揃って湯屋に出掛けたのに気づき、これ幸いと栄五郎を訪ねたのだった。

「それで、話といいますと？」

栄五郎は、お勝が框に腰掛けるとすぐ、訝るような眼を向けた。

「実は、先刻こちらを訪ねられた斉木様を存じ上げておりまして」

お勝は、斉木小四郎とも母親の芳乃とも近しくしている『岩木屋』の奉公人に引き合わせてもらったことを打ち明けると、栄五郎は「さようでしたか」と呟いた。

「斉木様を見送った沢木先生が、なんだか困惑したご様子だったもんですから、気になってお訪ねしてしまいました」

お勝の話を聞いた栄五郎は、軽く息を吐くと、

「瑞松院の手跡指南所が、一年を前期と後期に分けて、四月と八月の期末に揮毫《きごう》と素読《そどく》の大演習を行い、その期の首席、第二席、第三席の優秀者三人を選ぶことはお勝さんもご存じかと思います」

「はい」

そう答えたお勝は、小さく苦笑いを浮かべた。かつて手跡指南所に通っていたお琴も、現在通っている幸助とお妙も、一度として優秀者三人の中に入ったことはなかったのだ。

「先刻ここに見えた斉木小四郎の母親から、小四郎をなんとしても前期の首席にしてもらいたいと申し入れられてしまいましてね」

栄五郎はそう言うと、顔を天井に向けてため息をつき、

「わたしはすぐに、断固として不正はしないと断りました。ところが、そこを曲げてと母親が食い下がるものですから、わたしとしては、そういう申し出をするのなら、瑞松院の手跡指南所ではご子息を引き受けかねると、申し上げたのです」

すると、土間に立っていた芳乃は項垂《うなだ》れて、崩れるように框に腰を掛けたと、栄五郎は、ため息交じりでその後の様子を口にした。

芳乃は二、三度、か細いため息をつくと、

「武家の子弟が百人近くも在籍する幼童筆学所《ようどうひつがくしょ》にも手跡指南所にも通わせましたが、小四郎の学業の成績は思うようにゆきません」

ぼそぼそと話し始めた。

町人の子の通う瑞松院の手跡指南所なら、誰にも負けまいと望みを託したのだ

が、小四郎は去年、首席はおろか第三席にも及ばなかったのだと語って、芳乃は下唇《したくちびる》を噛《か》み締めたという。

「小四郎は、武士の子としては、ひ弱なのです。膂力《りょりょく》というよりも、胆力も気質も脆弱《ぜいじゃく》なのです。小四郎に覇気《はき》というものが見られないのは、先年、父親を亡くしたせいではないかと」

そんなことを芳乃が洩らしたと、栄五郎はお勝に告げた。

芳乃によれば、小四郎は風に向かって立つという気概に乏《とぼ》しいらしい。

「むしろ、風を避け、物陰に隠れてやり過ごすというような無気力さを改めさせたいのです。父親さえ生きていれば、力強く導いてくれたのでしょうが、今さら愚痴《ぐち》を申しても始まりません。それで、手跡指南所で首席になりさえすれば、小四郎の自信になり、風に立ち向かう気概も芽生《めば》えるのではと、お縋《すが》りしたまでにございます」

芳乃は、消え入りそうな声を懸命に振り絞《しぼ》って、母としての思いを訴えたのだ。

「それで沢木先生はなんと答えられたんです」

「お母上の頼みに負けたわたしの不正で首席になったと知ったら、小四郎は後でひどく傷つくに違いないと説《と》きましたら、何も言わずに帰っていかれました」

栄五郎は心を鬼にして芳乃を諌《いさ》めたのだろう。

お勝の眼に、『ごんげん長屋』の井戸端を悄然《しょうぜん》と通り過ぎていった芳乃の姿が蘇《よみがえ》っていた。

三

谷中瑞松院の山門《さんもん》を潜《くぐ》って境内《けいだい》に足を踏み入れた途端、顔にまとわりついていた熱気が和《やわ》らいだ。

刻限は四つ（午前十時頃）だが、頭上から降り注ぐ日射しに首から上が火照《ほて》っていたのだ。

境内には松や檜《ひのき》、それに銀杏《いちょう》が葉を茂らせており、両脇と奥の三方を囲む寺々の大木のおかげもあり、瑞松院は日陰に恵まれていた。

奥の本堂の方から、『論語』だか『実語教』だか知らないが、声を張り上げて素読する女児の声が流れている。

本堂と渡り廊下で繋《つな》がっている、手跡指南所として使われている板張りの教場からの声に違いない。

本堂の前を右に折れたお勝は、手跡指南所の回廊《かいろう》に掛けられた階《きざはし》の下で下駄《げた》を脱ぎ、縁に上がった。

手跡指南所の板張りの教場や回廊には、子供たちの親や身内らしき者たちが立ち並び、静かに参観している。

四月二十九日のこの日は、前期の期末に当たり、書と素読の披露《ひろう》の後、親たちの前で首席から第三席の優秀者が伝えられることになっていた。

お勝は、庇《ひさし》の下の回廊に立って教場を見回す。

一人用の文机《ふづくえ》に着いている子供たちの中には、見知った横顔がいくつもある。

幸助とは離れたところに座っていたお妙の右隣には、見覚えのある斉木小四郎が膝《ひざ》を揃えて文机に着いていた。

教場の隅には、思いつめたような顔つきの芳乃が背筋を伸ばして立っている。

「おっ母さん、遅いじゃないの」

いつの間にか傍《そば》に寄ってきたお琴が、お勝の耳元で囁《ささや》き、

「幸ちゃんとお妙の素読は、とっくに終わったわよ」

「え」

お勝は小さく息を呑《の》んだ。

「今日はね、揮毫もとんとんと進んだんだって。だから、あの子が読み終わった

ら、前期の首席の発表まで、参観の人たちは教場に入って張り出してある揮毫を見ていいんだって」

お琴からの告知に、お勝はただ、小さく頷く。

手跡指南所はいつも通り五つ（午前八時頃）に始まっていたのだが、番頭としては、同じ刻限に店を開ける『岩木屋』を優先しなければならなかった。

期末の学業披露は、いつも、五つからの揮毫で始まる。

十より上の年長組の幸助は『温故知新《おんこちしん》』で、八つのお妙は『立夏《りっか》』という課題を揮毫することになっていた。

二十人を超える子供たちの揮毫は、墨磨《すみす》りから書き終えるまで、いつも半刻以上は掛かっていた。書き終わった書が乾《かわ》くまで待って、全員の揮毫を教場に展示するには、さらに四半刻は要する。

お勝が『岩木屋』を出て瑞松院に向かったのは、客足の途切れた四つ前だったから、境内に入るなり、素読をする女児の声を聞いたときは、いささか慌《あわ》ててしまった。

その女児の素読が終わると、子供たちと対面して座っていた栄五郎が立ち上がり、

「それでは皆さん、前期の優秀者の披露までしばらくお待ちください。その間、教場に展示しております子供たちの揮毫を見ていただきたい」

言い終わると、教場の隣の小部屋に入っていった。

「入ろう」

お琴に促《うなが》されて、お勝は教場に足を踏み入れた。

子供たちは机に着いていたが、我が子の書を捜し回る親たちの声が教場に響き渡った。

子供たちの書は、教場の三方に展示してあった。

長さ二間《けん》（約三・六メートル）ほどの竹竿《たけざお》が、まるで物干しのように二本の支柱に差し渡され、糊付《のりづ》けされた揮毫の書が一竿に八枚、暖簾《のれん》のように下げられて風にそよいでいる。それが三か所に置いてあるので、なかなか壮観である。

お勝とお琴が足を止めたのは、幸助の名が記された『温故知新』の前である。

うまいとは言えないが、ひどくはない。年少の頃の書体を思えば、成長はしている。

年少者の書いた『立夏』が下げられている竹竿の前に進むと、小四郎の書を凝視《ぎょうし》している芳乃がいた。

小四郎の書の隣が、お妙の名が記されたものだった。

「先日は」

お勝が小声で挨拶《あいさつ》をすると、

「あ」

小さな声を出した芳乃は、お勝の顔からお妙の書へと眼を移し、

「娘さんですね」

「えぇ」

「なかなか、よい手をしていらっしゃる」

芳乃は囁くような物言いをした。

その直後、話し声が飛び交《か》っていた教場が突然静まった。

栄五郎が教場に戻ってきて、子供たちに顔を向けて立った。

「では、揮毫と素読、それぞれの優秀者三名を告知してから、前期の首席一名を一同に知らせます」

そう言うと、栄五郎は片手に持っていた紙片を眼の前に掲《かか》げ、

「揮毫の梅賞は、お妙、竹賞は仙吉《せんきち》、松賞はおふみ。素読の梅賞は菊次郎《きくじろう》、竹賞はおふみ、松賞は省助《しょうすけ》。前期の首席は、書にも素読にも才を発揮したおふみと

決した」

首席の発表に、子供たちと親たちからもどよめきが起こった。

お勝の眼に、がっくりと首を折った小四郎の姿が飛び込んだ。すると、隣に座っているお妙が、厳《いか》めしい顔をして何ごとか声を掛けた。

小四郎は、お妙と眼を合わせることなく小さく頷くと、先刻よりさらに深く項垂れた。

「わたしは長屋に戻るね」

横に立っていたお琴は、お勝の耳元で囁くと、そっと教場を出ていった。

お琴を見送って教場に眼を戻したお勝は、芳乃の姿がないことに気づいた。

六《む》つ（午後六時頃）までまだ間がある表通りは、夕刻のいつもの賑わいを見せている。

仕事を終えた出職《でしょく》の者たちや物売りの連中が足早に行《ゆ》き交《か》い、商家の小僧や手代《てだい》たちが交錯《こうさく》していた。

『岩木屋』はいつも通り七つ半（午後五時頃）に店を閉めたのだが、お勝は帳場に残って、帳面付けと質草の出し入れを確認してから家路に就《つ》いた。この日、手跡指南所の学業披露に駆けつけたため、残していた仕事があったのである。

『ごんげん長屋』までほんのわずかというところで、お勝はふと足を止めた。

『ごんげん長屋』へと入り込む小路《こうじ》の口に立った弥太郎が、風呂敷包《ふろしきづつ》みを抱えた栄五郎に向かって何ごとか言い連《つら》ねているのが眼に飛び込んだのだ。

居酒屋『つつ井《い》』と瀬戸物屋《せとものや》の間の路地に入り込んだお勝は、顔半分を通りに出して弥太郎と栄五郎の成り行きを覗《のぞ》く。

口を尖らせて何ごとか並べ立てる弥太郎に困惑している栄五郎は、頭の後ろに盛んに手をやっている。

弥太郎は言うだけ言ったらしく、栄五郎を片手で拝《おが》むと、足早に湯島《ゆしま》の方面へと去っていった。

栄五郎がふうと息を吐いて『ごんげん長屋』の小路に入るのを見て、お勝はその後を追った。

「沢木先生、うちの弥太郎さんが、何ごとか話しかけていた様子でしたが」

お勝は、栄五郎に追いつくと単刀直入に問いかけた。

「あぁ。車曳きの弥太郎さんは、斉木家と親しいようですね」

「損料貸しをする『岩木屋』の仕事柄、斉木様とは行き来がありますもので」

お勝がそう述べると、

「なるほど。それで、怒りのわけがわかりました」

「怒りといいますと」

「なんで指南所での小四郎の揮毫や素読の評価をもっと上げるなり、手心を加えるなりしてくれなかったのかと、問い質《ただ》されましてね」

栄五郎はお勝に、鷹揚《おうよう》な笑みを向けた。

「弥太郎さんが、どうしてそのことを」

「どうやら、荷を積んだ車を曳いてこの辺りを通りかかったら、瑞松院から帰る小四郎の母親と出くわしたようです。その顔があまりにも険しかったので、何ごとかと尋ねると、母御《ははご》は一言、不本意な結果を口になさったようなのです」

栄五郎の話を聞きながら歩《ほ》を進めていたお勝は、人気《ひとけ》のない井戸端で足を止めた。大方は夕餉の支度を済ませた頃おいである。

お勝に合わせて足を止めた栄五郎は、

「斉木様の奥方は、悲しみに暮れていると、弥太郎さんに怒られましたよ。嘆《なげ》き悲しんで首でも縊《くく》ったら、どうなさいますかなどとも、脅《おど》されてしまいました」

声をひそめて打ち明けると、苦笑いを浮かべた。

「成績に手心を加えないという沢木先生の思いは伺《うかが》っておりますから、弥太郎さんにはわたしから、それとなく言い聞かせますので、悪く思わないでくださいまし」

「悪く思うなどとんでもない」

栄五郎は片手を左右に打ち振った。

「色恋に疎《うと》いわたしでも、弥太郎さんのあの怒りは、思慕《しぼ》の情ゆえだと感じ取りました」

「思慕ですか」

「そんな思いを抑《おさ》えきれずに、つい、悲しませたわたしに怒りを向けたのではないかなどと」

さらに声を低めた栄五郎は、そう口にすると、「では」と一礼して、路地の奥へと足を向けて行った。

栄五郎が言った思慕の情とは、芳乃に抱く弥太郎の思いのことだろう。

そのことは、弥太郎の言葉の端々《はしばし》から、お勝も感じてはいた。

とはいえ、そのことをとやかく言うつもりはない――腹の中でそう言い聞かせると、お勝は声を張り上げて、家の戸を引き開けた。

「ただいま」

「お帰り」

箱膳に着いて夕餉を摂っていたお琴、幸助、お妙から口々に声が上がった。

『岩木屋』からの帰りが少し遅くなるので先に食べるようにというお琴への言付けは、昼過ぎに外回りに出掛けた手代の慶三《けいぞう》に託していた。

流しで手を洗って箱膳に着くと、箱膳にはこんにゃくの煮物と炒《い》り豆腐《どうふ》が載っており、お琴が素早く、飯と味噌汁を並べてくれた。

「いただきます」

お勝は箸を手にして味噌汁を飲む。

井戸端から水音がしたのは、出職の住人が帰ってきたからに違いない。

「ねぇ、お妙。手跡指南所で、前期の首席が決まった後、あんた、隣の武家の子に何か言ってたでしょう」

お琴が、突然口にした。

教場でのその様子は、お勝も眼にしたことだった。

「あの子、自分が首席にならなかったもんだから、ひどく落ち込んでたのよ。だから、言ってやったの。成績のことぐらいで、いちいち嘆くんじゃないって」

「そんなこと、言ったのかい」

お勝が眼を丸くすると、

「わたし、ため息ばっかりつくような子は嫌いだもん」

お妙は、一刀のもとに斬り捨てた。

「でも、あの男の子小さく頷いたし、案外素直だったじゃないのさ」

お琴はそう言うと、こんにゃくを口に入れた。

「ということは、お妙お前、小四郎と口を利いたのは、今日が初めてだったんじゃないのか」

箸を止めた幸助が、思案でもするように首を捻《ひね》る。

すると、ほんの少し思いを巡らせたお妙が、

「あ、ほんとだ」

他人事《ひとごと》のように、呟きを洩らした。

昨日からひと晩過ぎただけで月が替わり、今日は五月一日である。

町の様子も陽気にしても、とりたてて何かが変わるということはなかった。

だが、五日の端午の節句を控えた『岩木屋』は、質入れしていた節句を祝う飾り物を請け出しに来る客もあって、帳場は昼頃まで立て込んでいた。

「番頭さん、弥太郎さんは、そろそろ素麵《そうめん》を食べ終わる時分ですよ」

表の戸口から顔を突き入れた台所女中のお民《たみ》は、帳場格子《ちょうばごうし》に着いていたお勝にそう言うと、

「おかみさんの使いで正運寺《しょううんじ》に行ってきますよ」

顔を引っ込めて、日の当たる道を東の方へと足を向けた。

「慶三さん、わたしはちょっと台所に」

お勝は手代の慶三に断ると、台所に通じる廊下へと向かう。

端午の節句を祝う飾り物を何組か荷車に積んで、朝から休む間もなく届け回っていた弥太郎が、昼餉の賄《まかな》いに出された素麵にありついたのは、九つ（正午頃）をかなり過ぎた時分だったのだ。

「人心地《ひとごこち》ついたかい」

台所の板張りに立ったお勝は、空になった皿や箸と椀《わん》を、流しの桶に浸《つ》けている弥太郎の背中に声を掛けると、

「へい。お民さんから、さらっていいと言われたんで、残りは遠慮なくおれが」

弥太郎はにやりと笑みを返した。

「さっき、冷や水売りから買ったものだから、ちょっとお掛けよ」

お勝は土瓶《どびん》の水を湯呑《ゆのみ》に注ぐと、框に腰掛けた弥太郎の傍に置いた。

「なるほど。冷えてますね」

ひと口水を飲んだ弥太郎から、弾《はず》んだ声が上がった。

「実はね、手跡指南所に通ってるうちの幸助が、このところ斉木小四郎さんのことを妙に気にしてるんだよ。それで、あちらさんのことには詳しそうだから、斉木様というのは、どんな身の上のお人なのか、弥太郎さんに教えてもらえないかと思ったんだよ」

お勝が幸助を口実にして尋ねると、

「それに、『岩木屋』のご贔屓筋でもあるし、何も知らないでは今後のこともあるしさぁ」

努めて砕《くだ》けた物言いで言い添えた。

「いや、おれにしたって、火鉢やら炬燵やらを届けた一年半前の冬が始まりでして、何も細かく知ってるというわけじゃ」

そんな前置きをした弥太郎だが、

「奥方の芳乃様は、もとはと言えば、飛鳥山《あすかやま》の蕎麦屋《そばや》の娘でしてね」

その口ぶりには、芳乃の事情に精通しているような自信が窺《うかが》われる。

芳乃が、小納戸役《こなんどやく》を務める五百石の旗本、斉木鉄之助《てつのすけ》の屋敷に行儀見習いで女中奉公に上がったのが、十年前だったという。

「その二年後に、当主鉄之助様の手がついて生まれたのが、小四郎さんなんですよ」

密《ひそ》やかな物言いをした弥太郎の声に、お勝は思わず軽く息を呑んでしまった。

かつて旗本家に奉公に上がっていたお勝も、二十年ほど前に当主の手がついて、男児を産んだ経緯《いきさつ》があった。

お勝が産んだ男児は嫡子《ちゃくし》として屋敷に引き取られ、その後は一切関わりを絶《た》っている。

「ところが、三年前に斉木家のご当主の鉄之助様が病《やまい》で死にますと、正妻さんの産んだ二十三になる亀太郎《かめたろう》というのが家督《かとく》を相続したうえに、奥方に男児が生まれたもんだから、小四郎さんが斉木家を継《つ》ぐ目はなくなったんです。それで、二年前に麹町谷町《こうじまちたにまち》のお屋敷から出されたって聞いてます」

屋敷を出された芳乃と小四郎は、兄が継いだ飛鳥山の蕎麦屋に戻ったのだが、

「旗本である斉木家の血筋を産んだ者が、蕎麦屋に戻るのは外聞《がいぶん》がよろしくない」と、死んだ鉄之助の正妻から横槍《よこやり》が入り、池之端七軒町の一軒家を住まいにしたということだった。

「実家に戻るなと言いながら、斉木家からはわずかな薪代《まきだい》しか出ず、店賃など暮らしの掛かりのほとんどは、蕎麦屋を継いだ兄さんが工面《くめん》してくれていると聞いてます」

その話になると、弥太郎の顔は幾分険しくなった。

「そんな事情ですから、贅沢《ぜいたく》なんかとんでもねぇことで、芳乃様の、いや、母子のつましい暮らしぶりを見るにつけ、おれに何かできることはないのかなんて──それで、暇《ひま》を見つけては、大工仕事の真似《まね》ごとをしたり、植木鉢《うえきばち》の手入れやら、買い物をしてやったり、小四郎さんをあちこちに連れていったり、その、ええ」

弥太郎の声は、最後は消え入りそうになった。

「斉木様の親子に、すっかり頼られているんだね」

「なんだかね、えへへ。頼られてるというか、当てにされてるなら、こっちはその甲斐《かい》もありますが、実際のとこ、向こう様の料簡《りょうけん》は、いったいどうなんでやしょうねぇ」

弥太郎は、まんざらでもなさそうな笑みを浮かべた。

誰が見ても、恋をする男の顔だった。

四

五月の空を泳いでいた鯉幟や吹き流しは、ほとんど姿を消している。

端午の節句が過ぎた五月六日。朝のうち、しまい忘れられた鯉幟が二、三匹泳いでいたが、夕刻には、根津権現門前町界隈からは見られなくなった。

『岩木屋』の勤めを終えたお勝は、途中、『ごんげん長屋』に立ち寄って、

「用事があるから、夕餉は先に食べておくれ」

お琴にそう言い置いてから、池之端七軒町へと足を向けていた。

「ごめんくださいまし」

お勝は、通りに面した格子戸《こうしど》を開けると、三歩ほど先の家の戸口に立って声を上げた。

「はい」

しばらくして、戸の内から芳乃の声がした。

「質舗『岩木屋』の番頭、勝でございますが」

そう名乗ると、開いた障子戸の中に芳乃の顔が見えた。

「こんな時分に申し訳ないと思いましたが、車を曳いて外回りをしていた弥太郎さんが『岩木屋』に戻ってきたものの、その様子が少し変でして」

お勝はそう切り出した。

「途中、斉木家に立ち寄って、前から話に上っていた螢狩《ほたるが》りをいつにするか決めます」

弥太郎は浮き浮きとそう言い残して、昼過ぎに損料貸しの品物を引き取りに『岩木屋』を出たのだった。

ところが、七つ(午後四時頃)に戻ってきた弥太郎は暗い顔をしており、

「こちら様との間で、螢狩りの話は出なかったと項垂れましたので、こちらで何かあったのではと」

お勝はふと、言いかけた後の言葉を吞んだ。

土間に立った芳乃の背後に現れた小四郎が、母親の肩越しに、お勝に会釈《えしゃく》をしたのだ。

思いもよらない小四郎の挨拶に、お勝は慌ててしまった。

「わたしは『岩木屋』の番頭さんと、ちょっと、向かいの妙顕寺《みょうけんじ》に行ってきますから」

芳乃は、上がり口に立っている小四郎に告げて戸口の外に出ると、

「こちらへ」

お勝の先に立って、通りの向かい側にある小さな寺の山門へと足を向けた。

妙顕寺の山門を潜った芳乃は、境内の脇に建つ手水場《ちょうずば》の柱の近くに立った。

「わたしども親子は、近々江戸を離れ、伊勢《いせ》へ行くことになります」

芳乃が冷静な物言いをした。

「伊勢といいますと」

「小四郎に、養子の口が掛かったのです」

努めて感情を抑えようとしているのだろう、芳乃の声には抑揚《よくよう》がなかった。

「小四郎の父、斉木鉄之助様は、もともと、伊勢国菰野《こもの》藩の使番《つかいばん》、桑原《くわはら》家の次男だったのです」

芳乃が語り始めたことによれば、伊勢の桑原家は長男の仙之助《せんのすけ》が継いだので、行方の定まらない鉄之助は、他家の養子に入るか、一生を冷や飯食いとして過ごすしかなかった。

ところが、菰野藩江戸屋敷の留守居役《るすいやく》の口利き《くちき》で、鉄之助は小納戸役の旗本、斉木家の養子となる幸運を得たのである。

一方、実家の桑原家を継いだ兄の仙之助には女児しか生まれず、国元の菰野藩士の八右衛門《はちえもん》を娘婿《むすめむこ》に迎えていたが、嫡子となる男児は今日まで生《な》さなかった。

そればかりか、八右衛門は昨年末から長患《ながわずら》いの床にあり、快復の見込みはないという。

家名断絶の危機に陥《おちい》った桑原家の隠居、仙之助は、八右衛門が存命中に養子を迎えて、家名の存続を図ることにしたのだ。

「国元のご隠居、仙之助様から、弟の鉄之助様の忘れ形見である小四郎に白羽《しらは》の矢が立ったのです。小四郎ならば、桑原家の血筋ゆえ是非にも承知をとのお申し出がありました」

そこまで口にすると、芳乃は軽く息を継いだ。

そして、このことについて、斉木家の鉄之助の正妻からも「受けるように」とのお達しがあったと告げた。

「斉木家に先々何かが起こったとき、後嗣《こうし》になれる血筋を持つ小四郎が江戸にいては、何かと目障り《めざわ》だと思われたのでしょう」

芳乃は冷ややかにそう述べたが、すぐに、

「それより何より、側妾《そばめ》の子である小四郎は、今のままではこの先、光の射す道を歩むことなど望めるかどうか知れません。いずれかに仕官が叶《かな》うかどうかもわかりません。それよりは、江戸を離れなければならないとしても、養子の口があるだけでも、小四郎には幸せというものではないのか、そう思いました」

それで、小四郎の伊勢行きを承知したのだと呟いて、芳乃はそっと俯《うつむ》いた。

お勝は言葉もなく、ただ、頷く。

「それで、家財道具の処分をするにあたって、弥太郎さんに何かとお力をお借りしたいのですが、よろしいでしょうか。もちろん、『岩木屋』さんの仕事に障《さわ》るようなことはいたしませんので」

「承知いたしました」

お勝の返事に頷いた芳乃は、軽く辞儀をして歩き出し、影になった山門をゆっくりと潜って消えた。

弥太郎が沈んでいたのは、このことだったのだと気づいて、苦笑いを浮かべたお勝は山門を潜った。

「あの」

小道に出て『ごんげん長屋』の方に向かったお勝の背に、男児の声が掛かった。

下駄の歯を鳴らして体を捻ると、灯《ひ》ともし頃《ごろ》の小道に立つ小四郎の姿があった。

「何か」

笑みを浮かべて問いかけたが、小四郎は迷っているのか、なかなか言葉が出ない。

「あの」

「はい？」

お勝は笑みを向けたが、

「いえ」

迷った末にそう返事をすると、小四郎は踵《きびす》を返して駆け去った。

根津一帯は、昨日今日と青空が広がり、文字通り五月晴《さつきば》れとなっていた。

だが、『岩木屋』に質入れをする客の相手をし、帳場で算盤《そろばん》を弾きながらも、今朝から、お勝の心は晴れないでいる。

芳乃が小四郎とともに伊勢に行くと聞いてから、二日が経った昼下がりである。

芳乃と小四郎の伊勢行きを知って気落ちしていた弥太郎が、今朝、『岩木屋』

に現れたときには、笑みがこぼれていた。

そして、店を開ける支度をしているとき、弥太郎が近づいてきて、

「昨日の日暮れ時に、斉木様から呼び出しがありましてね」

お勝に耳打ちをした。

急ぎ、池之端七軒町の家に行くと、弥太郎は芳乃から、処分を持ちかけていた家財道具のことは忘れてくれと告げられたという。

そして、伊勢には小四郎一人が行き、芳乃は江戸に残るとも打ち明けられたのだと、弥太郎は喜びを隠し切れない様子でお勝に報告していたのだ。

母親がついていかなくてよいのだろうか——今朝からお勝の心中を惑わせていたのは、そのことであった。

ゴーンと、八つ（午後二時頃）を知らせる鐘《かね》の音を耳にした途端、算盤を弾いていたお勝は手を止めた。

「慶三さん、すまないが、半刻ばかり帳場を預かっておくれでないかね」

お勝がそう言うと、

「へい。目利きに困るようなときには、蔵番の茂平さんに来てもらいますんで」

慶三からありがたい返事を貰って、お勝は帳場から腰を上げた。

お勝は根津権現門前町の表通りを、急ぎ不忍池の方へと向かっていた。

「そんなに眼を吊り上げて、お勝さん、鬼退治にでも行くのかい」

通りに水を撒《ま》いていた傘屋《かさや》の親父から、陽気な声が掛かったが、相手にせず通り過ぎた。

池之端七軒町の斉木家の戸口で声を掛けると、襷掛《たすきが》けの芳乃が現れて、建物に沿って裏手へと導かれ、畳六畳ほどの広さの庭に案内された。

そこは、物干し場を兼ねた庭で、隣家との塀際《へいぎわ》に紫陽花《あじさい》と皐月《さつき》が植えられていた。

干していた洗濯物を取り込んだ芳乃は、縁側の部屋に静かに放り、襷を外して縁に腰を掛けた。

「『岩木屋』さんも、お掛けになって」

芳乃に勧められるまま、お勝も並んで縁に腰掛けた。

「今日は何か」

「弥太郎さんから、伊勢に行かれるのは小四郎さん一人で、あなた様は江戸にお残りだと聞いたものですから」

お勝は、笑み交じりで口を開いた。

「養子先に親が伴《ともな》えば、小四郎に甘えが出るのではないかと考えましてね」

淀《よど》みのない芳乃の口ぶりに、お勝はただ、「はぁ」としか言葉が出なかった。

「そのことで何か」

芳乃が、訝るような眼をお勝に向けた。

「はい、その、他人のわたしがこんなことを申し上げるのはお門違《かどちが》いかとは存じますが、お母上も、ともに伊勢へ行かれた方がよろしいのではと思いまして」

そこまで言うと、お勝は詫びるように頭を下げ、さらに、

「元服《げんぷく》を済ませた男児の旅立ちならともかく、小四郎様はまだ九つと聞いております。今、親に突き放されては、さぞ心細い思いをなさるのではと、身のほども顧《かえり》みず、一言申し上げに」

両手を太腿《ふともも》に置くと、お勝は深々と頭《こうべ》を垂れた。

「番頭さんは、三人のお子の親でしたねぇ」

「はい」

顔を伏せたまま、お勝は答えた。

だが、このとき脳裏《のうり》に浮かんだ子というのは、馬喰町《ばくろちょう》の旅人宿《りょじんやど》の娘だったお

勝が、奉公に上がった旗本家の当主、建部左京亮《たてべさきようのすけ》の手がついて産んだ男児のことだった。

その男児には市之助《いちのすけ》という幼名がつけられたものの、産んだお勝の身分をとやかく言う左京亮の正妻や建部家の老臣などから、市之助を屋敷に置いて出るようにとの理不尽《りふじん》な要求を突きつけられたのだ。

お勝は拒《こば》み通そうとしたのだが、お家騒動を危惧《きぐ》する一人の老臣の説得に折れて、我が子を残して屋敷を出たという経緯を抱えていた。

したがって、市之助とともに暮らした月日はほとんどなかったと言ってよい。

町中で幼子《おさなご》を見るたびに、屋敷内で健《すこ》やかに育っているのか、側妾の子だからと冷遇されてはいないかなどと、ふと思いを馳《は》せることはあった。

傍にいられない分、妄想は膨《ふく》らんだ。

近くにいれば言葉を掛け手も差し伸べられるのに、離れている分、かえってもどかしさに苛《さいな》まれた昔のことが、ふと思い出され、

「あ」

声にならない声を上げて息を呑んだお勝は、弾かれたように縁側から腰を上げた。

あれこれ投げかけた言葉の数々は、かつて自分が我が子にしてやれなかったことを、芳乃に押しつけているのではないか――お勝はふとそんな思いに囚《とら》われた。

「斉木様、今わたしが口にしたことは、どうかお忘れくださいまし」

お勝は芳乃に向かって、深々と腰を折った。

「『岩木屋』さん」

「いろいろと、差し出がましいことを申しましたこと、どうかお許しくださいまし」

二度三度と頭を下げて詫びると、お勝は逃げるようにその場を立ち去った。


池之端七軒町の斉木家を飛び出したお勝は、根津宮永町《ねづみやながちよう》を足早に通り抜けた。

根津権現門前町との間を流れる水路に架《か》かる小橋を渡ったところで、谷中の方から年端《としは》も行かぬ娘たちの明るい笑い声が聞こえてきた。

見ると、手跡指南所の帰りらしいお妙が、同じ年頃の娘二人と談笑しながら、小橋の方へと向かってきている。

『ごんげん長屋』の近くに向かいかけたお勝が、ふと足を止めた。

お妙ら三人の背後には、風呂敷包みを提げた小四郎が、まるで三人をつけるようにして歩いてくる姿があった。

お勝は咄嗟《とっさ》に、堀沿いの道に立っている鳥居の陰に身を隠すと、お妙たちの方を窺った。

娘たち三人は立ち止まると、

「それじゃ、また明日ね」

お妙は、鳥居の方に歩き出した連れの二人に声を掛けると、『ごんげん長屋』の方へと向かい、お勝の視界から消えた。

お妙と連れ立ってきた二人が鳥居の前を通り過ぎるのを待って、お勝はお妙が去った方に眼を向けた。

すると、常夜灯《じょうやとう》の陰に身を隠していたらしい小四郎が出てきて、『ごんげん長屋』の方に向かって佇《たたず》んだ。

「あ」

お勝は声を殺して、口を開けた。

小四郎がじっと見ているのは、『ごんげん長屋』に帰っていったお妙なのだと確信した。

五

昨日は一日中雨が降り、梅雨《つゆ》らしい一日となったが、今日は朝から晴れ上がった。

五月十一日ともなると、町の至るところに熱気が籠《こ》もる。

お勝は昼過ぎから、三軒の顧客の家を訪ね歩いた帰りだった。

質草の請け出し期限の近づいた二人の客に、その期日を知らせるのと、損料貸しで発生した修繕代の受け取りを済ませたのだ。

「ただいま戻りました」

お勝は、『岩木屋』の開け放たれていた戸口から土間に足を踏み入れながら声を上げた。

「お帰り」

帳場に着いていた吉之助が応《こた》え、同時に、その近くで帳面付けをしていた手代の慶三からも「お帰りなさい」と声が掛かった。

「いやぁ、いつもながら、家の中は少しひんやりとしますねぇ」

お勝は、そう言いながら土間の框に腰を掛けると、薄くかいた額《ひたい》の汗を手拭いで拭《ふ》いた。

「あれだね。表通りに比べたら、この辺りは権現様の楠《くすのき》の大木が葉を茂らせてるし、神主屋敷《かんぬしやしき》の木立を吹き抜ける風ともども、涼味《りょうみ》ってもんを運んでくるようだねぇ」

「なぁるほど」

慶三が、吉之助の説にいたく感心した声を発した。

「旦那さん、帳場をありがとうございました。どうぞ奥でお休みんなって」

そう口にして、お勝が土間から上がると、

「そうそう。番頭さんが出掛けてからすぐ、ときどきうちで損料貸しをお頼みになる、池之端七軒町の斉木様の奥方が見えたんだよ」

吉之助の声に、「さようで」と呟いたお勝は、帳場近くに膝を揃えた。

「なんでも、近々、江戸を離れるので、家財道具一切を、損料貸しに充《あ》てる品として引き取ってもらえないかと仰《おっしゃ》ってね」

「江戸を、離れると――？」

思いもよらない吉之助の言葉に、お勝は戸惑ってしまった。

「わたしも耳にしましたが、どうやら、一人息子さんともども、伊勢に行くということでした」

慶三の声に、お勝は言葉を失った。

小四郎との同行を勧めたお勝の言い分を、芳乃がまさか受け入れるとは思いもしないことだった。

「家財道具を引き取ることに否《いな》やはありませんが、値をつけられない道具などもあるかと思いますが、それでもよろしいかと聞いたところ、構わないということだったので、大きなものは、明日にでも弥太郎に引き取りに行ってもらうことになりましたよ」

吉之助が淡々《たんたん》と口にすると、

「その引き取りには、わたしがついていきますんで」

「いや慶三さん、それはわたしが行きますよ」

お勝が口を挟むと、

「明日は朝から家を空けなくちゃならない用があって、わたしは、番頭さんの代わりに帳場には座れないんだよ」

吉之助は、〈すまない〉とでも言うように、片手を挙げて拝んだ。

「わかりました。それで、弥太郎さんは今どこに」

お勝が、誰にともなく口を開くと、

「斉木様から引き取った箪笥《たんす》などを蔵に入れた後、木陰でウトウトしてましたけどね」

慶三から、そんな言葉が返ってきた。

帳場の奥の廊下には、蔵に繋がる扉があり、そのすぐ傍に半畳ほどの三和土《たたき》があった。

その三和土に、帳場から持ってきた下駄を置いたお勝は、足を通した。

片開きの障子戸を開けて外に出たところは、広さ二十畳ほどの空き地で、損料貸しのための石の灯籠《とうろう》や荷車など、風雨に晒《さら》されてもいいような品々が並べられている。

お勝は、庭の一角で葉の茂った枝を広げている白樫《しらかし》へと足を向けた。

日陰で胡坐《あぐら》をかいた弥太郎は手拭いを顔に載せ、背中を幹にもたれさせている。

「弥太郎さん」

お勝が声を掛けると、弥太郎は手拭いに伸ばしかけた手をふと止め、

「へい」

顔を隠したまま、小さく返事をした。

お勝は、すぐに、

「斉木家じゃ、江戸を離れるまでに、家財道具の処分をするらしい。『岩木屋』の仕事の合間に、手を貸しておやりよ。わたしは構わないからさ」

そう持ちかけると、

「あぁ。そうするよ」

弥太郎が消え入りそうな声で応じた。

返事を聞いたお勝がその場を去りかけると、

「斉木の奥方に、小四郎さんについて伊勢に行くよう勧めたのは、番頭さんだってね」

「あぁ、そうだよ」

足を止めたお勝は、怯むことなく答えた。

「なんでだい」

顔に掛けていた手拭いを取った弥太郎が、お勝に悔しげな眼を向けた。

弥太郎のその眼差しから逃げることなく、

「いけなかったかい」

お勝は穏やかに問いかけた。

「何も、いけねぇってことはねぇけど」

呟くような声を洩らして、弥太郎はそっと眼を落とした。

「親はさ、子供が両足を踏ん張って、独り立ちできるまで、傍にいて見届けてやらなきゃならないんだよ。そんな時期があれば、子は親の思いを知り、親は、産み育てた甲斐があったってことを、しみじみ思い起こせるんじゃないのかねぇ」

お勝が静かに語りかけると、弥太郎は「はぁ」と息を吐いて、顔を空に向けた。

「弥太郎さん。もし、斉木様母子のことが気にかかるなら、旦那さんに断って、いつかお伊勢参りに行ったらいいじゃないか」

そう言うと、弥太郎がゆっくりとお勝に眼を転じた。

「菰野藩ていうのは、東海道《とうかいどう》桑名宿《くわなしゆく》に近いから、お伊勢参りの行き帰りに立ち寄れるところにあるんだよ」

お勝のその言葉に、弥太郎が眼を大きく開けた。

笑みを浮かべたお勝は、小さくうんうんと頷いてみせる。

「死んだ婆ちゃんが、昔、よく言ってたよ。一生に一度は、お伊勢参りに行かなきゃならねぇなんてことをね」

「うん、だからさ」

陽気に返事をしたお勝が、弥太郎の肩をポンと叩くと、

「けど、伊勢に行くとなると、かなりの物入りだろうね」

弥太郎が、不安そうな顔つきをした。

「伊勢詣《もう》でに行った人の話だと、行き帰りがひと月で、路銀《ろぎん》は一両くらいあれば困ることはないということだよ」

「一両かぁ」

弥太郎は、唸《うな》るような声を洩らす。

「その気になったら、旦那さんに借金をしてでもお参りに行けばいいじゃないか」

「うん、その手があるねっ」

弾んだ声を出すと、弥太郎の顔が一瞬にして輝いた。

朝から降っていた雨は四半刻前に止《や》んだのだが、依然《いぜん》として厚い雲が覆っていた。

それぞれの箱膳に着いて夕餉を摂っている、お勝と三人の子供たちの傍には、早々に火を点《つ》けられた行灯が明かりを放っていた。

「あのね、武家の子の斉木小四郎が手跡指南所をやめるんだよ」

箸を動かしながら、幸助が口を開いた。

「今日、母親と一緒にお師匠様に会いに来て、ついでにおれたちにも挨拶したんだ」

「でもね。声に出して伊勢に行くって挨拶したのは母親で、当の本人はずっと顔を伏せてただけだった」

お妙は、胡瓜《きゆうり》の酢《す》の物《もの》をごくりと飲み込むと、幸助の話に付け加えた。

「どうして、伊勢に行くのよ」

「知らない」

お妙が、尋ねたお琴に関心がなさそうな声を返すと、

「おれも知らない」

幸助まで愛想のない声を発した。

「斉木様が江戸を発《た》たれるのは、明後日《あさって》の夜明けだそうです」

今日の夕刻、斉木家の荷物の片付けの手伝いに行っていた弥太郎が、『岩木屋』に戻ってくるなり、お勝にそう告げたのだ。

お勝が弥太郎にお伊勢参りを勧めた日の翌日である。

朝からの雨で、車を曳く用のない弥太郎を、お勝は斉木家の手伝いに行かせていたのだ。

二日後の斉木母子の旅立ちには、菰野藩の江戸屋敷から差し向けられる道中《どうちゅう》奉行《ぶぎょう》配下の若侍が、国元まで同行するということも、弥太郎から聞いていた。

「その小四郎さんは、伊勢行きのことはなんにも言わないのかい」

お勝が尋ねると、

「あの子、わたしとは口を利かないもの」

お妙はさらりと口にしたが、特段、冷ややかな物言いではなかった。

「指南所の首席発表のとき、お前が叱《しか》り飛ばしたから、余計口なんか利きたくなくなったんだな」

幸助はしたり顔で非難の声を向けたが、お妙は小首を傾げただけである。

「斉木小四郎さんはね、三年前に亡くなった父親の故郷、菰野に行くんだってさ」

お勝は、静かな声を出し、

「跡継《あとつ》ぎのいない父の生家、桑原家を継ぐっていうんだから、めでたいことなんだよ」

努めて明るい声で事情を伝えた。

「めでたいことにしては、あの子は沈んでたよ」

お妙は独り言のように呟くと、また小首を傾げた。

「住み慣れた江戸を離れるんだもの、そりゃ不安だろうし、寂しいと思うよ」

お琴はそう口にしたが、お勝は、どうもそれだけではないような気もする。

それがなんなのか、もやもやしたまま、お勝は茶碗に残っていた飯粒を口に入れた。


日の出前だが、うっすらと白んだ池之端七軒町には、薄く靄《もや》が這《は》っていた。

すぐ近くの不忍池から流れてきた靄かもしれない。

斉木家に向かっていたお勝は、格子戸の前に止まった大八車に眼を留めた。

荷台にはすでに大きな布包みがふたつ載っており、その隙間《すきま》に、弥太郎が箱膳や土瓶など、細々としたものを積み込んでいた。

大きな布包みには、母子が今朝まで使った夜具《やぐ》や着物が包まれているのだろう。

昨日、弥太郎から聞いたところによれば、国元の桑原家から芳乃母子には、〈身ひとつでおいでくださるように〉と知らせが届いていたということだった。したがって、池之端七軒町の住まいで使っていたものはすべて、江戸に残して行くのである。

「これで全部かい」

お勝は、弥太郎が積んだものに縄を掛け始めると、大八車に近づいた。

「へぇ。昨日のうちに、あらかたのもんは『岩木屋』に運び終えてましたから」

そう言うと、弥太郎は荷物に掛けた縄をきつく縛った。

そのとき、腰に刀を差した旅装の若侍が、平屋の戸口脇に立った。

すると、腰に刀を差した袴姿の小四郎が肩から斜めに掛けた荷と小さな菅笠を負って現れ、その後から、手甲脚絆《てっこうきゃはん》に菅笠と杖《つえ》を手にした芳乃が姿を見せ、三人は格子戸の外に出てきた。

「何かと世話になりました」

芳乃から、言葉が掛かると、

「恐れ入ります」

お勝は深々と腰を折った。

顔を上げると、芳乃の横の小四郎までもがお勝に頭を下げていた。

それを見たお勝は、小四郎の挨拶に応えるように慌てて頭《こうべ》を垂れた。

「道中、どうか、ご無事で」

気の利いたことを言おうとしたのだが、口を衝《つ》いたのは、ありきたりな言葉だった。

「では、番頭さん、弥太郎さん、わたしどもはここで」

二人に声を掛けた芳乃は、先に立った若侍に続いて小四郎とともに、不忍池の方へと歩を進めた。

すると弥太郎は、大八車の梶棒《かじぼう》を摑み、まるで逃げるようにその場から車を曳いていった。

お勝は、芳乃たちの背中が池の畔で曲がって消えたのを確かめてから、ゆっくりと下駄の足を『ごんげん長屋』の方へ向けた。

ざっ、ざっ、ざっ――お勝の耳に、地を駆けてくる草鞋《わらじ》の足音が届いた。

振り向くと、腰の刀を手で押さえた小四郎が、池の方からまっしぐらにお勝に向かって駆けてきた。

「何か」

お勝が尋ねると、小四郎は懸命に息を整え、

「あの」

やっとのことで、一言呟く。

「はい？」

お勝は、後の言葉を聞き出そうと笑みを浮かべた。

「お妙さんに」

「え」

お勝は、思いがけない名が小四郎の口から飛び出して、声を掠《かす》れさせた。

「この前指南所で、叱ってくれてありがとうと、わたしがお礼を言っていたと」

「はい」

お勝はすぐに応えた。

小四郎が言っているのは、おそらく、前期の首席発表の日のことに違いなかった。

「それと、お妙さんに、どうか、いつまでも、お達者でと」

そこまで口にした小四郎は、深々と腰を折ると、そのままの姿勢で踵を返して走り去り、足音を残したまま、曲がり角から姿を消した。

お勝の口から、ため息が洩れた。

小四郎はお妙に、子供ながらに思いを寄せていたようだ。

その秘めていた思いを、お礼の言葉として、お勝に託したのだ。

だが、お妙に伝えることに、ふと迷いが出た。

託されたお礼の言葉を伝えて、万一、お妙から気のない言葉が返ってきたら、小四郎が憐《あわ》れだ。また、自分を気にかけていたのだと知ったお妙が、これまで小四郎を敬遠していたことを悔《く》やむことになれば、酷というものかもしれない。

お妙には何も言うまい――お勝は、胸の内でそう決めた。

年を重ねたお妙が、やがて誰かに恋情《れんじょう》を抱くようになれば、いずれ、男女の心の機微《きび》を知るだろう。

それまで待てばいいのだ。

池の方から、騒がしい鳥の声が響き渡った。

北へ帰りそこねた雁《かり》だろうか。

小さくふうと息を吐いて、お勝は靄の晴れた道をゆっくりと歩み始めた。

第二話　ひとごろし

一

　二、三匹ほどの蠅《はえ》の羽音がうるさくて、耳の辺りを叩いた途端、眼が覚めた。
　眠りに就《つ》いてから、ほんの少ししか経《た》っていない気分だが、戸口の障子はうっすらと白んでいる。

　ゆっくりと体を起こすと、お勝の隣に寝ていた幸助が寝返りを打って背中を向けた。その向こうには、仰向《あおむ》けに寝ているお妙がいて、端ではお琴が寝息を立てている。

　昼間の熱気が残っていた昨夜は、なかなか寝つけず、外が白むまで眠っていたとは、意外だった。

　白んでいる戸口の障子紙の外から小さな話し声が聞こえ、表通りの方からも微《かす》かに、何かを呼びかける声や走り回るいくつもの足音が届いている。

お勝は、上掛《うわが》けを足元に折り曲げて立ち上がると、腰高障子《こしだかしょうじ》の戸を細く開け、顔を路地に突き出した。

小声で話している三つの人影を見つけたお勝は、まだ明けきらない井戸端《いどばた》へと近づく。

その足音に気づいてお勝の方を向いたのは、寝巻姿の藤七と彦次郎、それに、やはり寝巻のままのお啓だった。

「なんだか、表通りの方が騒がしいようだね」

お勝が小声で尋ねると、

「岡場所の方で騒ぎがあったらしいんだよ。ね」

声を低めて答えたお啓は、藤七と彦次郎に念を押した。

「暗いうちに眼が覚めたもんだから、彦次郎さんを誘って不忍池の弁天《べんてん》様でも拝《おが》むかと、一回りして鳥居横町《とりいよこちょう》に戻ってきたら、根津宮永町の妓楼《ぎろう》の辺りで怒鳴り声がして人だかりも出来ていたんだよ」

藤七がそう言うと、彦次郎が大きく相槌《あいづち》を打った。

表通りの方から足音がしてすぐ、寝巻を尻《しり》っ端折《ぱしょ》りにした左官《さかん》の庄次《しょうじ》と十八五文《とおはちごもん》の鶴太郎が、井戸端に姿を現した。

「騒ぎのもとは根津宮永町の妓楼だよ」

庄次が口を開くとすぐ、

「ついさっき、客が女郎の腹を刺して逃げたらしくて、妓楼の前は血の海だよ」

鶴太郎は息を弾《はず》ませながら続けた。

「お女郎は死んだのかい」

お啓が声をひそめると、

「いや、野次馬《やじうま》の話じゃ命に別状はなさそうだ」

「鶴太郎さんあんた、血の海だと言ったじゃないか」

「腹を刺されたからには、流れた血で、おそらく海のようになってるに違いないと思うじゃないか」

そう言い訳をした鶴太郎は、

「顔でも洗って、飯の支度だなぁ」

独り言を口にしながら、路地の奥へと向かった。

五月十五日の『ごんげん長屋』は、近くの岡場所で起きた刃傷沙汰《にんじょうざた》で朝を迎えたのである。

二十四節気《にじゅうしせつき》では、今の時季を『小暑《しょうしょ》』と言っている。

夏の風が熱気を運んでくる、あまり、ありがたくない時候ではある。

六《む》つ半（午前七時頃）から四半刻《しはんとき》（約三十分）ほど経った根津権現門前町の表通りは、仕事先に向かう人の往来、疾走《しっそう》する荷車や棒手振《ぼてふ》り、荷を担《かつ》いだ物売りの行《ゆ》き交《か》いで、いつも通りの賑《にぎ》わいがあった。

少し違うのは、十手《じって》を差した目明《めあ》かしとその下っ引きのような連中が何組も、東へ西へと駆けていく姿が眼についた。

『ごんげん長屋』を後にしたお勝は、幸助とお妙を引き連れて藍染川《あいそめがわ》に架《か》かる小橋を渡ると、すぐに左へと曲がり、谷中瑞松院へと足を向けた。

根津宮永町で女郎を刺した男は、凶行に及んでから一刻半（約三時間）ほどが経つのだが、未《いま》だに捕まっていない。

刃傷沙汰の騒ぎのあった今朝早く、『ごんげん長屋』の井戸端では、洗面や歯磨き、朝餉《あさげ》の支度など、いつもの朝と変わらない光景が見られた。

ただひとつ違ったのは、

「女郎を刺して逃げた男は刃物を持ったままだそうですから、くれぐれも用心してくださいよ」

大家の伝兵衛《でんべえ》が長屋の一軒一軒を回って、注意を喚起《かんき》したことくらいである。

さらに、お勝と子供たちが朝餉を摂《と》っていたとき、外から飛び込んできた栄五郎が土間に立ち、

「今、自身番《じしんばん》で町役人《ちょうやくにん》の皆さんや目明かしの作造《さくぞう》親分たちと話をしまして、今日指南所に行く子供は、親か町内の若い衆に付き添わせるよう申し合わせをしましたから、幸助とお妙ちゃんはわたしが引率《いんそつ》しますので、刻限までここで待たせてください」

息せき切ってそう告げた。

「うちの二人は、『岩木屋』に行きがてらわたしが連れていきますから、先生は他の子供のところに行ってやってください」

お勝が勧めると、

「そうしていただけると、助かります。事情を知らずに一人で指南所に来る子がいるかもしれませんから。それじゃ」

栄五郎は、一礼して土間から路地へと出たのである。

それから四半刻ほどが経っていた。

お勝と幸助、お妙が藍染川沿いの道を瑞松院に向かっていると、職人らしき父

親に付き添われた子や、近所の若い鳶人足《とびにんそく》三人ばかりに引率された子供たちが近づいてきた。

「おはよう」

「おはよう」

瑞松院の山門《さんもん》前で合流した子供たちや、お勝ら付き添いの者たちが互いに挨拶《あいさつ》を交わしていると、二人の女児を連れた栄五郎も現れた。

「皆さん、朝から手数をおかけして申し訳ありません。子供たちは、わたしがここで預かりますので、安心してお引き取りくださって結構です」

栄五郎が一同を見回して大きく頷《うなず》くと、

「ひとつ、よろしくお願いしますよ」

などという引率者の声が飛び、栄五郎は子供たちを境内《けいだい》の奥へと率《ひき》いていった。

子供を送り届けた者たちは、短い挨拶を交わすと道の左右に分かれ、お勝は、藍染川沿いの道を北へと足を向けた。


質舗『岩木屋』の帳場は、長閑《のどか》な昼下がりを迎えていた。

質入れや質草《しちぐさ》の請《う》け出しの客は半刻（約一時間）ほど前にばったりと途絶《とだ》え、

帳面付けをするお勝のすぐ近くでは、主《あるじ》の吉之助と手代の慶三が紙縒《こよ》りを静かに縒《よ》り続けている。

煙草盆《たばこぼん》を脇に置いた蔵番の茂平は土間の框《かまち》に腰を掛け、

「はぁ」

大口を開けて声を発すると、煙草の煙を天井に向けて吐き出した。

そのとき、

「ごめんよ」

声と同時に表の腰高障子が開いて、目明かしの作造が土間に入り込んだ。

「おいでなさい」

お勝が声を掛けると、慶三や茂平は会釈《えしゃく》をして迎える。

「親分、例の宮永町の刃傷沙汰は、その後どんな具合ですか」

吉之助が手を止めて尋ねると、

「谷中や千駄木《せんだぎ》辺りの目明かしや鳶人足たちも朝から駆け回ってるんだが、刺した野郎がどこへ行ったか隠れたか、手がかりひとつねぇんですよ」

そう言いながら茂平の近くの框に腰を掛けると、大きくため息をついた。

「今気づいたが番頭さん、長屋にはお琴ちゃん一人で、心配だね」

吉之助からお勝にそんな声が掛かった。

「そのことを心配してくれた研《と》ぎ師《し》の彦次郎さんから声が掛かりましてね。朝餉の片付けの後、お琴はそこに避難してるはずです」

お勝は、笑顔で頷いた。

この日、『ごんげん長屋』に残る男は彦次郎だけだった。

いつも仕事があるとはかぎらない町小使《まちこづかい》の藤七も、五つ半（午前九時頃）には出掛けると言っていたし、火事がなければのんびりしている火消し人足の岩造も、女郎を刺して逃げた男から町内を守るために駆り出され、朝餉の前に長屋を飛び出していった。長屋に残ったお志麻、お富、お啓は、用心のため、大家の伝兵衛の家に籠《こ》もることになっていた。

「『岩木屋』の旦那、すまねぇが、逃げた男の人相書を置いていきますから、その辺に貼ってもらいてぇ」

「わたしが」

慶三が土間の方に膝《ひざ》を進めて、作造が差し出した人相書を両手で受け取った。

「ほう、名がわかったのかい」

人相書を覗《のぞ》き込んだ茂平が、しわがれ声を出した。

吉之助とお勝も、人相書を持つ慶三の近くに座り込み、

「湯島、切通町《きりどおしまち》、『甚太店《じんただな》』、指物師《さしものし》、熊次郎《くまじろう》。年は三十三だよ」

吉之助が人相書の記述をぼそぼそと口にした。

人相書には、他に、『背丈《せたけ》　五尺四寸（約百六十二センチ）』とか『細身』『顔形　顎骨《あごぼね》角張り頬骨《ほおぼね》高し　眼一重　鼻梁《びりょう》低からず高からず』などと記されていた。

「この熊次郎が入れあげていたのは、根津宮永町の『久松楼《ひさまつろう》』のおきみって女郎だったんだが、三月《みつき》前、女房は三つになる娘っ子を連れて出たまま、帰ってこなくなったそうだよ」

作造がそう言うと、

「馬鹿野郎が。色町《いろまち》の遊びは泥《どろ》の掛け合いじゃねぇんだ。もっと綺麗に遊ばねぇといけねぇよぉ」

茂平はしみじみと呟《つぶや》いた。

「茂平どんの言う通りだよ」

大きく頷いた作造は、女房がいなくなったのをいいことに、指物師の熊次郎は誰憚《はばか》ることなく『久松楼』に通い続けたようだと打ち明けた。

「そればかりか、熊次郎は周りの者に、おきみの年季が明けたら所帯を持つことになってると言いふらしていたんだが、このところ、おきみの様子が煮え切らないことに腹を立てて、今日の朝方乗り込んだところ、騒がれたもんだから逆上したあげくに刺したというのが、『久松楼』の連中の見立てですがね」

事件のあらましを口にした作造が腰を上げると、

「まぁ、どっちにしろ、遊郭《ゆうかく》や花街《かがい》ではよくある男と女のもつれ合いだね」

茂平がすっぱりと断じた。

「だけど親分、逃げた男を早く捕まえてくれないと、町はいつまでも落ち着きませんよ」

「そうなんだが、しばらく辛抱《しんぼう》してもらいてぇ」

作造は、不安を口にしたお勝に返答すると、「それじゃ」と言って店の表へと出ていった。

するとすぐ、

「おう、お琴ちゃんじゃねぇか。おっ母さんなら、帳場にいたよ」

作造の陽気な声が『岩木屋』の土間に響き渡った。

ほどなく、表の障子戸が開くと、

「これは珍しい」

お勝は、お琴の後ろから土間に足を踏み入れた二十代半ばほどの男に声を掛け、

「この人は、わたしの幼馴染《おさななじ》みが親から引き継《つ》いだ、日本橋亀井町《にほんばしかめいちょう》の剣術道場で下働きをしながら、剣術の稽古《けいこ》にも励《はげ》んでる鶴治《つるじ》さんです」

と、その場にいた吉之助たちに引き合わせた。

「これはどうも、仕事場にまで押しかけて申し訳ありません」

単衣《ひとえ》の着物を尻っ端折りにした草履《ぞうり》履《ば》きの鶴治は、一人一人に丁寧《ていねい》に頭を下げた。

「亀井町のおば様に言いつかって、うちにお届け物を持ってきてくださったの」

お琴がそう言うと、

「お届けするだけならこちらにまで押しかけることはなかったんですが、沙月《さつき》様からお勝さんに、ちょっとした言付けがあったものですから、お琴さんに案内してもらいました」

事情を口にすると、鶴治はまたしても深々と腰を折った。

「それじゃわたしは」

「お琴ちゃん、お待ち」

吉之助の声に、戸口に向かっていたお琴が足を止めた。

「町内は今は物騒だから、娘の一人歩きはいけないよ」

茂平が言うと、「そうそう」と相槌を打った吉之助は、

「番頭さんどうだね。お琴ちゃんを『ごんげん長屋』に送りがてら、鶴治さんの話というのを聞けばいいじゃありませんか」

「でも旦那さん」

お勝が躊躇《ためら》うと、

「戻るまで、帳場はわたしが預かりますよ」

吉之助は笑みを浮かべて頷いた。

「それじゃ、お言葉に甘えまして」

お勝が頭を下げると、土間の鶴治とお琴もそれに倣《なら》って、頭を下げた。

二

質舗『岩木屋』を出たお勝と鶴治は、二歩ばかり先を行くお琴の後ろについて『ごんげん長屋』へと向かった。

刃傷騒ぎを起こした男が逃げていることを考えて、お勝たちは、人目の多い表

通りを進んだ。

鶴治は歩き出すとすぐ、

「道場に通っておいでの門人《もんじん》の方々のご実家などから、干物《ひもの》やら芋《いも》などが送られてきましたので、お勝さんのところへ届けるようにとのお言いつけでした」

訪ねたわけを口にしたのだが、そう言いつけたのは、日本橋亀井町に住む、幼馴染みの近藤《こんどう》沙月である。

亀井町とは道一本隔《へだ》てた日本橋馬喰町生まれのお勝は、沙月の父が師範《しはん》を務《つと》めていた『近藤道場』に幼少の時分から出入りしていた。

その時分、遊び半分に始めた小太刀《こだち》の腕前は、今では、質屋の番頭として修羅《しゅら》場《ば》を潜《くぐ》らなければならないときなどに役に立っている。

『近藤道場』は、門人だった筒美勇五郎《つつみゆうごろう》が婿入《むこい》りし、沙月の亡父が遺《のこ》した道場を引き継いでいた。

「それで、沙月さんのところは、皆様お変わりもなく？」

「はい。近藤先生も奥様も、息災《そくさい》にお過ごしです。虎太郎《こたろう》様などは、連日稽古にお励みでして」

鶴治は、お勝の問いかけに、笑顔で返した。

虎太郎というのは、今年十六になった勇五郎と沙月の長男である。

元服《げんぷく》前までは、道場の先達《せんだつ》たちから手加減されていたのだが、虎太郎が成人した途端、遠慮も容赦《ようしゃ》もない鍛錬《たんれん》を蒙《こうむ》っていることは、今年の正月、沙月の口から聞いていた。

「おあきさんも、お変わりありませんか」

お琴が、後ろの鶴治に軽く首を回して尋ねた。

「はい。おあき様は、茶やお琴《こと》の稽古にご熱心です」

「わたし、どのくらい会ってないのかなぁ」

そう呟いたお琴に、

「亀井町には、この二、三年、連れていってないねぇ」

お勝は、朧《おぼろ》な記憶を辿《たど》ると、自信なく返事をした。

沙月の娘のおあきとお琴は、同い年の十三である。幼少の頃から気が合って、会えば楽しげに時を過ごす二人の様子を何度も眼にしたことがある。

「実は、奥様の言付けというのは、そのことなんでございます」

鶴治が、少し改まった物言いをした。

「奥様も近藤先生も、このところ、ことあるごとにお勝ちゃんは忙しいのだろうかとか、生まれた日本橋を忘れたんじゃないのかなどと、口にしておいでです」

「忘れるなんてそんな」

思いがけない鶴治の話に、お勝は慌《あわ》てて口を開いた。

「奥様も先生も、お勝さんのことはいつもは冗談めかした物言いをしておいでですが、今日出掛けようとすると真顔で呼び止められまして、子供三人抱えて毎日仕事に行ってるお勝さんが体を弱らせてないかどうか、さりげなく様子を窺《うかが》っておいでと、そうお命じになったのです」

鶴治の話に、お勝は返す言葉もなかった。

自分の都合で亀井町に行くのを控えていたことで、沙月にいらぬ気遣《きづか》いをさせてしまっていたようだ。

「ははは」

お勝は、ことさら明るく笑い声を上げると、

「体なんかなんともありませんよ。ねぇ」

お琴に矛先《ほこさき》を向けた。

「よく食べるしね」

鶴治にそう返事をして、お琴は真剣な顔つきで大きく頷いた。

「年が明けてからこの方、何かと野暮用《やぼよう》が重なってたもんだから、つい日本橋が遠くなってたんですよ。ですから鶴治さん、近々、なんとかして足を延ばすと、沙月にそう伝えてくださいよ」

お勝は陽気な声で、一気にまくし立てた。

朝から空は灰色の雲に覆《おお》われているが、雨になりそうな様子はない。

日射《ひざ》しは遮《さえぎ》られて暑さは和《やわ》らいでいるものの、空気が湿っていて、額《ひたい》や首筋がジトッとしている。

根津宮永町の妓楼で刃傷沙汰があった翌日のこの日、続いていた五月晴《さつきば》れは、中休みとなった。

錆浅葱色《さびあさぎいろ》に焦《こ》げ茶《ちゃ》の三筋立《みすじだて》の単衣に、煤竹色《すすたけいろ》の帯を締めたお勝は、竜閑川《りゅうかんがわ》に架かる今川橋《いまがわばし》を渡ると、本銀町《ほんしろがねちょう》三丁目の角を左へ曲がって小伝馬町《こでんまちょう》の牢屋敷《ろうやしき》方面へと足を向けた。

向かっているのは、日本橋亀井町の近藤道場である。

鶴治が訪ねてきた翌日に近藤道場に行くことになろうとは、お勝自身思ってもみなかった。

今朝、開店直後の『岩木屋』の帳場に着いていたとき、お内儀《ないぎ》のおふじが、台所女中のお民に使い立ての頼みごとをしている声を聞いたのだ。

神田《かんだ》鍋町《なべちょう》の商家に嫁《とつ》いでいる吉之助の妹のおもよに、さよりの一夜干しを届けてもらいたいというのがおふじの頼みだったのだが、

「そんな用事なら、わたしが行きますよ」

お勝はおふじにそう申し出た。

損料《そんりょう》貸《が》しにしている軸物《じくもの》や椀物《わんもの》の補修をときどき頼んでいる神田の塗師《ぬし》や経《きょう》師《じ》屋《や》に寄りたいのだと言うと、

「蒸した陽気に、五十のお民さんを歩かせちゃ気の毒だね」

おふじは笑ってお勝の申し出を承諾し、主の吉之助が「帳場はまかせろ」と言ってくれたのだった。

お勝は、おもよの嫁ぎ先にさよりの一夜干しを届けた後、上白壁町《かみしらかべちょう》の経師屋と塗師町《ぬしちょう》の塗師屋に顔を出したのち、日本橋亀井町へと足を向けていたのである。

昨日現れた鶴治によれば、亀井町から足の遠のいたお勝を、沙月はかなり気がかりにしているらしい。

お勝は何も、沙月や近藤道場に近づくのを避けていたわけではなかった。

いや、避けてはいたが、嫌でそうしていたのではない。

二十年ほど前、書院番頭《しょいんばんがしら》を務める旗本、建部左京亮の屋敷で女中奉公をしていたお勝に左京亮の手がつき、後嗣《こうし》とも言うべき男児を産んだ。

ところが、男児を置いて去るようにという理不尽《りふじん》な要求に抗《あらが》ったものの、ついには折れたお勝は、建部家から放逐《ほうちく》されたのだ。

幼名を市之助といった我が子のその後のことなど、知る由《よし》もなかった。

会えないものなら忘れるしかないのだと心に決めてから十八年が経った昨年の十一月、思いがけないことがお勝に出来《しゅったい》した。

お勝が信頼を置いている人物の仲立ちで、建部家の用人《ようにん》と会うことになったのだ。当時、お勝を苦しめていた状況に心を痛めていたその用人は、幼名市之助は元服して、源六郎《げんろくろう》と名乗っていることを伝えてくれた。

さらに、年が明けた今年の正月に会った折は、剣術に熱心だった源六郎が、こともあろうに、香取神道流《かとりしんとうりゅう》を教える近藤道場に通い始めていることを聞かされたのである。

成人した我が子を密《ひそ》かに見てみたいと心は乱れたが、それは懸命に抑《おさ》えつけていた。

ところが、一月の藪入《やぶい》りの日、船で下総《しもうさ》に去る知人を日本橋小網町《こあみちょう》から見送った帰り道、お勝が何の気なしに立ち寄った亀井町の近藤道場で、たまたま稽古に来ていた源六郎を目《ま》の当たりにしてしまった。

後嗣である源六郎の生母がお勝であることは、建部家では表沙汰《おもてざた》にしたくないことであり、お琴、幸助、お妙には無論のこと、周りの人たちにも知られてはならない——お勝はそう思い、それ以来、近藤道場を訪れることを控えていたのである。

近藤道場の出入り口は、厳《いか》めしさを感じさせない、門扉《もんぴ》のない冠木門《かぶきもん》だった。

門の左右に塀《へい》が延びているが、左側は道場であり、竹刀《しない》を打ち合う音とともに門人たちが吐く気合いが、通りに面した武者窓《むしゃまど》から流れ出ていた。

少し迷ったお勝は、そっと武者窓に近づく。

道場に源六郎の姿があれば、門を潜ることなく、このまま『岩木屋』に立ち帰るつもりだった。

「お、やっと現れたねぇ」

背後から声がして、お勝は、覗こうとしていた武者窓から慌てて離れた。

「なんだ、お前かぁ」

お勝は、にやにやして突っ立っていた幼馴染みの銀平《ぎんぺい》に、伝法《でんぽう》な物言いをした。

銀平は、馬喰町の目明かしを務めている。

幼馴染みとは言いながら、三つ年下の銀平は、二十年ほど前に火事で死んだお勝の兄の太吉《たきち》を『太吉兄《あに》ぃ』と呼んで慕《した》っていた。

「今出てきたばかりなのかい。それとも、これから入るのかい」

「うん、あれ。昨日、沙月から貰《もら》い物《もの》をしたから、神田に来たついでにお礼をしようかと思ってさ」

お勝はそう言うと、右手を団扇《うちわ》代わりに扇《あお》いで、胸元に風を送った。

「おれも久しく顔出してねぇから、一緒に入ろう」

後ろに回った銀平は、お勝の帯結びの辺りに手をやって、門の中へと押していった。

道場は門を入った左手にあり、主一家の住まいは棟続《むねつづ》きの右手にある。

住まいの出入り口で声を掛けたお勝と銀平は、応対に出てきた鶴治に案内され、ひとまず台所の板の間に通されていた。

「奥様にお知らせしてまいります」

二人に断って奥に向かった鶴治は、剣術の稽古がないときは近藤家の住み込みの下男として、甲斐甲斐《かいがい》しく動き回っていた。

建物の裏手に回っていた鶴治が土間に戻ってくると、ほどなくして、奥の廊下を踏む足音が近づいてきた。

「お勝ちゃんの声は井戸端まで届いたけど、銀平さんまで一緒とは珍しいこと」

入ってくるなり、沙月は朗《ほが》らかな声を振りまいて板の間に膝を揃《そろ》えた。

「門の外で、道場の中を覗こうとしているのが眼に留まりましてね」

「いくら十手持《じっても》ちだからって、盗人《ぬすっと》を見つけたような言い方はおよしよぉ」

お勝は、銀平に笑顔でそう言うと、

「ちょうどこっちに用があったもんだから、昨日、結構なものをいただいた、そのお礼にと思ってね」

沙月に向かって小さく頭を下げた。

「やっぱり贈り物はするもんだわね。こうやって、顔を見せに来てくれるもの」

「おれは何も貰わなくても、顔を見せに寄ってますよ、ときどき」

銀平の口出しに笑みを見せた沙月は、

「ここじゃなんだから、庭の見える部屋に移りましょうよ」

と、腰を上げかけた。

「いいよここで。ね」

お勝が念を押すと、

「ええ。足が砂まみれですから」

銀平は大きく頷いた。

「そしたら鶴治さん、さっき売りに来た冷や水があったら、二人に」

「まだ残ってます」

鶴治はすぐに板の間の隅に置かれていた土瓶《どびん》を手にすると、方形《ほうけい》の竹笊《たけざる》に重ねられていた湯呑《ゆのみ》をふたつ取って並べ、水を注いだ。

「どうぞ」

鶴治が、お勝と銀平の前に湯呑を置く。

「それじゃ遠慮なく」

お勝が手を伸ばすと、軽く会釈した銀平も湯呑を手にした。

「ひゃっこくてスキッとするね」

銀平が弾んだ声を上げると、飲み干したお勝は湯呑を置いた。

「もう一杯いかがですか」

鶴治が土瓶を差し出したが、

「もう、結構」

笑顔で断ったお勝は、ふと眼を向け、

「それより鶴治さん、剣術は続けているのかい」

「皆さんお忙しいので、毎日というわけにはいきませんが」

鶴治は、お勝の問いかけに、照れたように苦笑いを洩《も》らす。

「お前さん、下総の百姓だと聞いていたが、なんでまた剣術を始めたんだい」

銀平の声に咎《とが》めるような響きはなく、眼を丸くした顔には好奇心が満ちていた。

「実はね」

そっと身を乗り出した沙月が、

「鶴治さんには、父親の敵討《かたきう》ちをするという、子供の時分からの大望《たいもう》があるのよ」

密やかに打ち明けた。

「なんだって」

銀平の顔から笑みが消えた。

「知らなかったのかい」

お勝の問いかけに、銀平は惚《ほう》けたような顔つきをして小さく頷くと、

「何も御用の筋に関わるということじゃねぇんだが、敵討ちとは穏やかじゃありません。後々のために、その経緯《いきさつ》ってものを、あっしに聞かせちゃもらえないかねぇ」

顔を引き締めた銀平が、ことを分けて口にした。

「自身番に引っ張られるってことは、ほんとにないんだね」

「それはないって」

銀平は、お勝の不審に返答すると、片手をひらひらと横に振った。

「銀平さんがそう言うのだったら、鶴治さん」

促《うなが》すような沙月の声に頷くと、揃えた膝に両手を置き、

「ことの起こりは、十五年も前のことですから、少し込み入った話になりますが」

前置きをした鶴治は、静かに口を開いた。

鶴治の生まれ在所《ざいしょ》は、下総国佐原《さわら》に近い高倉村《たかくらむら》だと話の口火を切った。

稲作《いなさく》と畑作をしていた父の末蔵《すえぞう》は、田圃《たんぼ》が接している同村の甚吉《じんきち》から、水利のことで二、三年にわたって、水をせき止めただの溜《た》めていた水を流されたなどと、身に覚えのない言いがかりをつけられていた。

十五年前の秋祭りの夜、自分の収穫が不作となった甚吉は、日頃の憤懣《ふんまん》を末蔵

に向け、言い争いになった。

父親と一緒にいた鶴治たちきょうだいは怯《おび》えて、止めることもできない。

父親と甚吉の言い争いは、ついに殴り合いの喧嘩《けんか》となり、末蔵は丸太を摑《つか》んだ若い甚吉に叩かれて、地面に倒れた。

後日、末蔵は役人に訴え出ようとしたが、村役人や庄屋《しょうや》、寺の坊主などに宥《なだ》められて泣き寝入りを余儀《よぎ》なくされた。

それから半月後、末蔵は、甚吉に負わされた傷がもとで亡くなった。

母親は茫然自失《ぼうぜんじしつ》となった。

「三人きょうだいの長男でしたが、十《とお》になったばかりのわたしには、どうすることもできませんでした」

鶴治は、当時を思い出したように、声を掠《かす》れさせた。

父親が死んでほどなく、村から甚吉が姿を消した。

村内では、末蔵と甚吉のどちらが悪いという判断はされず、喧嘩両成敗という意見に支配されていたので、その出来事は次第に忘れられていった。

「でも、わたしは決して忘れてはいませんでした」

鶴治はそう言うと、

「それから六年が経った頃です。姿をくらませていた甚吉が、隣村の親戚の家に身を寄せているという噂《うわさ》が流れたんです」

言葉に力を込めた。

甚吉は高倉村には足を踏み入れないものの、村の知り合いや馴染みの女を隣の村に呼び寄せて酒盛りなどしているという噂も流れた。

そしてある日、鶴治は高倉村に足を踏み入れた甚吉を目撃したのだ。

二十代半ばくらいになった甚吉は袴姿《はかますがた》で腰には刀を差して、人の視線などに構うことなく薄笑いを浮かべて闊歩《かっぽ》しており、

「おれは、末蔵に傷を負わせただけだ。その傷がもとで死んだと言う者がいるようだが、その傷のことは、六年前に内済《ないさい》になったことだから、おれに罪科《つみとが》はない。こうして村に立ち寄って、大手を振って歩けもするし、後ろ指をさされる謂《いわ》れはどこにもないんだ」

と、悪びれる様子はどこにもなく、父に大怪我《おおけが》をさせた神社の前を威張《いば》り腐って通り過ぎた。

十六になっていた鶴治は、その有り様を見て我慢がならず、父の復讐《ふくしゅう》を心に決めたのだと打ち明けた。

だが、それからほどなく、甚吉は村の周辺から姿を消したことが判明した。

それからさらに五年後、甚吉は江戸で武家奉公をしているということが、村に住む縁者の口から洩れた。

甚吉は気まぐれに、村の縁者や知人に文《ふみ》を送っているらしいと言われていたのだが、それは本当のことだったのだ。

「わたしはすぐに、家や田畑を弟に譲り渡す支度に取り掛かりました。仕事を教えたり、お役人や庄屋さんたちの了解を得たりするのに二年ばかり掛けて、一昨年《おととし》になって、やっとのことで江戸に出てきたのです」

そこまで話した鶴治は、大きく息を吐いた。

「なるほど、そういうことか」

ぼそりと口にして、銀平は胸の前で腕を組んだ。

お勝は、鶴治が父の敵討ちを目指していることは聞いていたが、生まれ在所で起こった父親の災禍《さいか》の顚末《てんまつ》を、詳しく聞いたのは初めてのことだった。

それは沙月も同じだったようで、小さく何度も吐息を洩らしていた。

〜甘い、甘い、あぁまぁざぁけぇ〜

表の通りから、甘酒売りの口上が聞こえ始めた。

三

「鶴治さんが、ここにやってきたのは、一年半ばかり前だったわねぇ」

沙月がそう口を開いたのは、甘酒売りの口上が通り過ぎてからすぐのことだった。

「はい。師走《しわす》の押し迫った時分でした」

礼をするように、鶴治は沙月に向かって頭を下げた。

「近藤道場と決めたのは、何かわけでもあったのかい」

「えぇ。ありました」

鶴治は銀平に返事をすると、

「江戸に出てきて半年、いろいろな仕事をして食いつないでおりましたが、ふと、いざというときのために、剣術のひとつも身につけた方がいいのじゃないだろうかと気づいたんです。敵《かたき》の甚吉は、腰に刀を差していたし、見つけても、素手で向かっていくわけにもいきませんので」

堅実な考えを口にした。

「しかし、近藤道場にしたのはどうしてだい。たまたま、この前を通りかかったのかい」

「そうじゃないのよ銀平さん」

沙月がやんわりと口を差し挟むと、

「鶴治さんは、香取神道流の剣術を教える道場を探し回って、うちにやってきたのよ」

お勝と銀平に頷いてみせた。

「二、三の道場を訪ねて、住み込み奉公をしながら剣を学びたいとお願いしましたが、ことごとく断られ、どうしたものかとこの辺りを歩いていたら、香取神道流の看板が眼に入りまして」

「どうして、香取神道流じゃなきゃならねぇんだい」

銀平が、眉《まゆ》をひそめた。

すると、

「鶴治さんの生まれ在所の高倉村は、香取神宮《かとりじんぐう》に近いのよ」

鶴治に成り代わって沙月が答えた。

「一年半前、うちを訪ねてきたとき、鶴治さんは香取神道流との因縁《いんねん》を懸命に口にしたのよ」

鶴治が口にした因縁というのは、香取神道流の流祖《りゅうそ》、飯篠長威斎家直《いいざさちょういさいいえなお》が、同じ下総国の飯篠村《いいざさむら》の郷士の家に生まれたということだった。

飯篠長威斎は、主家である千葉《ちば》氏が滅亡した後、香取神宮奥宮《おくのみや》に近い梅木山《ばいぼくざん》に隠棲《いんせい》し、千日千夜の大願を奉《ほう》じて修行をした末に、天真正伝《てんしんしょうでん》香取神道流を興《おこ》したのである。

「香取神宮に近い村で生まれ育ったものですから、郷士が誇《ほこ》る流祖のことは、幼い時分から耳にしていたのでございます。近藤道場の前を通りかかったのも何かの縁だと思い、住み込み奉公をお願いしたのです」

「江戸へ敵《かたき》を捜しに出てきたわけや、香取神道流との因縁を直《じか》に聞いたものだから、勇五郎様はいたく感じ入ってしまって、それで、鶴治さんの住み込み奉公を承知したというわけなのよ」

沙月の口から、鶴治を雇った経緯の仔細《しさい》を聞いて、お勝はやっと、

「そういうことだったのかぁ」

と、得心のいった声を洩らした。

「それで、敵の行方はわかってるのかい」

銀平が問いかけると、

「いえ。はっきりとはわかりませんが」

そう断ったうえで、甚吉が村の身内によこした文に気になる文言があったらしいと、三月《みつき》ほど前、高倉村の弟から知らせが届いたという。

『この二年ほど世話になっているお屋敷近くの寺では相撲興行があり、年に二度、見物に行っている』

そんな文が届いているということを、甚吉の身内が周りに自慢げに洩らしていると、鶴治の弟はそう書き添えていた。

「世話になっているお屋敷と言うからには、武家奉公をしているということかね。ほら、さっきの鶴治さんの話じゃ、村から姿を消した敵が六年後に村に現れたとき、腰に刀を差していたということだからさ」

お勝がそう口にすると、

「武家奉公といっても、家来になったってことじゃあるめぇ。旗本や御家人の腰《こし》巾着《ぎんちゃく》か、屋敷の草履取りや挟箱持《はさみばこも》ちなんかになってるんじゃねえかねぇ」

銀平はそう推測した。

「相撲興行がある寺といえば、本所《ほんじょ》の回向院《えこういん》だね。敵は、その近くのお屋敷にいるってことなのかね」

「わたしもそう思って教えたら、鶴治さん、ちょくちょく回向院の方に足を向けているのよね」

沙月はそう言いながら、鶴治に眼を向けた。

「仕事の合間に暇《ひま》を頂戴《ちょうだい》して、本所の辺りを歩いていますが、なかなか出会えないものでして」

そう告げると、俯《うつむ》いた鶴治の口から小さなため息が洩れた。

「実はひとつ、気になることがあるんだよ」

銀平が、珍しく神妙な物言いをした。

「それは？」

お勝がすぐに問いかけると、

「鶴治さんが敵を見つけて、相手を討ち取ったとしても、めでたしめでたしで終わるとはかぎらねぇということなんだよ」

そんな口を利《き》いた銀平に、お勝ら三人の眼が向けられた。

「以前、北町奉行所《きたまちぶぎょうしょ》のなんとかって同心《どうしん》に聞いたんだが、百姓町人の敵討ちは、事前の届け出はできないらしいんだ」

「どういうことだい」

お勝は、声を低めて身を乗り出した。

「好き勝手にして構わねぇということでも、禁じるってことでもねぇようだ。ただ、敵討ちをし遂《と》げた後、討ち取った側の是非を問うお上のお調べがあるらしい。そこで、道理にかなった敵討ちかそうでないかとの裁定が下されて、下手《へた》すりゃ討ち取った方が、なんらかの罪を蒙《こうむ》ることにもなるそうだ」

「罪というと」

間髪《かんはつ》を容《い》れず、お勝が声を発した。

「死罪になるか遠島《えんとう》か。その辺のことは、なんともわからねぇ」

沈んだ声で返答した銀平は、無精髭《ぶしょうひげ》の伸びた頬を片手で撫《な》でた。

お勝と沙月が、期せずして鶴治を向くと、

「わたしは、お上から罰を蒙るのは、覚悟のうえです」

俯いていた鶴治が、淡々《たんたん》とした物言いをした。

低い声だったが、揺るぎのない覚悟のほどが窺えた。

先刻まで聞こえていた竹刀のぶつかる音や門人たちの気合い声が、いつの間にか消えていることに気づいた。

その直後、廊下を踏む足音が近づいてきた。

「いやぁ、暑い暑い」

言いながら台所の板の間に足を踏み入れた稽古着姿の若者が、びくりとして立ちすくんだ。

「あ。これは、根津のお勝さん、ようこそ」

そう口にした稽古着姿の若者は、沙月の倅《せがれ》、虎太郎である。

「朝の稽古が終わる時分でしたか」

お勝が笑みを向けると、

「はい」

虎太郎も笑顔で頷く。

「冷たい水はいかがですか」

「いや、それはわたしが」

腰を上げかけた鶴治を制して土間に下りた虎太郎は水瓶《みずがめ》の蓋《ふた》を取り、柄杓《ひしゃく》で掬《すく》うと、喉《のど》を鳴らして一気に飲む。

「鶴治さん、用事がなければ、四半刻ばかり稽古をつけてくださるようだよ」

水瓶に蓋をした虎太郎が、土間に立ったまま、手拭《てぬぐ》いで顔を拭《ふ》きながらそう話しかけた。

「それはありがたいことで」

鶴治は、眼を輝かせて頭を下げた。

「稽古のお相手は、勇五郎様が？」

お勝が問いかけると、

「以前は勇五郎様だったけど、このところは、若い門人にまかせておいでなの」

そう言って、沙月は笑う。

「鶴治さん、源六郎様が道場でお待ちだよ」

「はい」

鶴治は道場行きを勧めた虎太郎に礼をすると板の間を出て、道場へ通じる廊下へと急いだ。

「源六郎様というと」

お勝が思わず口にすると、

「以前話したと思うけど、お旗本の建部源六郎様よ」

沙月はあっさりと口にした。

建部源六郎――お勝は胸の内で、掠れた声を出してしまった。

銀平と並んで近藤道場の門を出てきたお勝は、顔をしかめて見上げた。

空は依然《いぜん》として灰色の雲に覆われている。

日射しはないものの、来たときよりも一段と蒸し暑くなっている気がする。

雲に隠れて見えないが、日は中天《ちゅうてん》近くに昇っている刻限だろう。

「トォッ」

道場の壁面の武者窓から、男の掛け声が通りに流れ出ていた。

「お、やってるね」

そう言いながら壁面に近づいた銀平が、武者窓の中を覗き込んだ。

「鶴治さんの稽古だね」

そう口にしながらお勝は銀平と並んだ。

武者窓の格子《こうし》の中では、正眼《せいがん》に竹刀を構えた源六郎に向かって、鶴治が打ち込みを繰り返していた。

裂帛《れっぱく》の気合いとともに打ち込むのだが、悠然《ゆうぜん》と構えた源六郎の竹刀に軽く払われた鶴治は、たたらを踏んでしまう。

「鶴治さんの相手を務めてるのは、建部って旗本の跡継《あとつ》ぎらしいね」

武者窓の中に眼を向けたまま銀平が呟くと、

「へぇ」

お勝も、武者窓の中を見たまま小声で返事をした。

二十年あまり前、お勝が行儀見習いとして武家屋敷に奉公していたことは知っているが、それが旗本の建部家だったことまでは知らないはずである。

「建部源六郎ってのが道場に通い始めたのは、去年の師走かららしいが、稽古もよくするうえに、人当たりもいいって評判だぜ」

「へえ、そうかい。鶴治さんは、いい人に当たったってことだね」

お勝が他人事《ひとごと》のような返答をすると、

「ま、そういうこった」

銀平も、さらりと言い放った。

「銀平親分」

いきなり男の声が掛かって、お勝と銀平の背後で、天秤棒《てんびんぼう》を担いだ木《こ》っ端《ぱ》売りが足を止めた。

「馬喰町二丁目の自身番詰めの親父が、銀平親分がどこにもいねぇって、眼を吊り上げてましたぜぇ」

「わかった」

銀平が片手を挙げて礼をすると、木っ端売りは急ぎ牢屋敷の方へと足を向けた。

「このまま帰るんだろう」

「用事は済んだし、そうするよ」

お勝が返事をすると、

「それじゃここで」

銀平は尻っ端折りをしながら、浜町堀《はまちょうぼり》の方へと駆け出していった。


根津権現門前町の大通りに陽炎《かげろう》が立っていた。

昨日と打って変わって、夏の日射しが真上から照りつけている。

お勝は、空の大八車を曳《ひ》く弥太郎と並んで、根津権現社の方へ足を向けていた。

貰い物のお礼にと、日本橋亀井町の近藤道場に沙月を訪ねてから二日が経っている。

通りに面した商家や一膳飯屋《いちぜんめしや》の表などで、水を撒《ま》く奉公人の姿があったが、撒かれた水はあっという間に乾《かわ》いてしまう。

「あ」

撒かれた水が掛かって、思わず声を上げた弥太郎が車を止めた。

を折って詫《わ》びた。

「どうもすみません」

足袋《たび》の『弥勒屋《みろくや》』の表で水を撒いていた、年の頃十三、四の小僧が、深々と腰を折って詫《わ》びた。

「いったいこれは」

『弥勒屋』の中から出てきた番頭の治兵衛《じへえ》は、訝《いぶか》るような眼をお勝たちに向けた。

「わたしが、こちら様に水を掛けてしまいました」

項垂《うなだ》れた小僧は恐縮しきった声を洩らす。

「小僧さん、気にすんな。びっくりして声を上げただけだからよっ」

弥太郎が笑って片手を打ち振った。

「水を掛けてもらったおかげで、少し暑さが凌《しの》げたようだよ」

お勝が笑顔でそう言うと、

「そうそう、その通り」

弥太郎は大きく頷いた。

「米吉《よねきち》、ここはいいから、桶《おけ》を片付けておいで」

「へい」

治兵衛に頷いた小僧は、お勝と弥太郎に会釈をすると、『弥勒屋』の土間へと飛び込んでいった。

「しかし、あれだねお勝さん。例の、根津宮永町で女郎を刺した男が早く捕まらないことには、螢沢《ほたるざわ》の螢《ほたる》狩《が》りには二の足を踏んでしまいますな」

治兵衛が時候の話題を口にした。

夏至《げし》が過ぎ、半夏生《はんげしょう》の時節ともなると、江戸の各所では螢が見られる。

根津からほど近い、駒込千駄木坂下町《こまごめせんだぎさかしたまち》の少し先の谷中螢沢も、例年多くの見物人が訪れる名所である。

「ですがね、うちの茂平さんや手代の慶三さんたちとは、いつも通り螢狩りに行って、帰りは千駄木辺りの飲み屋に寄ることになってますがね」

「男たちだけならどうってことはないだろうけど、女子供を連れていくのは剣呑《けんのん》だよ」

お勝が弥太郎にそう言うと、

「この近くの女衆も、今年の螢狩りには行く気が起きないなんて口を揃えておいでですよ」

眉間《みけん》に皺《しわ》を寄せた治兵衛は、不安げな声を洩らした。

そのとき、『弥勒屋』の向かいにある自身番から飛び出したふたつの人影が、四《よ》つ辻《つじ》を三浦坂《みうらざか》の方に向かいかけたところで、人影のひとつが突然足を止めた。

「そんなとこでなんの寄合《よりあい》だね」

足を止めてお勝たちに声を掛けたのは、目明かしの作造だった。

「女郎を刺して逃げた男が捕まらないことには、女子供たちの螢見物は危ないって話をね」

弥太郎がそう返答すると、

「いや、それで今、神田や日本橋の方の手空《てす》きの目明かしにも来てもらって、上野界隈《かいわい》まで捜し回ってるんだよ。昨日から、お勝さんの幼馴染みの銀平どんにも手を借りてますよ」

「親分」

四つ辻の角に立っている下っ引きの久助《きゅうすけ》が、焦《じ》れたように声を掛けた。

「たった今、谷中の泰然寺《たいぜんじ》から知らせが来て、床下に誰かが寝ていた跡があると言うんでね。それじゃ」

挨拶もそこそこに、作造は待っている久助の方へと駆け出した。

四

質舗『岩木屋』の帳場に客の姿はなく、長閑な昼下がりである。

帳場の近くに座ったお勝は、慶三と二人して、紙縒りを縒っていた。

開け放たれた戸口からは、行き交う足音に交《ま》じって、どこかで揺れている風鈴《ふうりん》の音も、風に乗って入り込んでいる。

「おんなじ日陰でも、家の中の方が心持ち涼しい気がするねぇ」

土間に立って首の汗を拭っていた弥太郎が、感じ入ったような声を上げた。

「お客さんがいないときは、ここに来て涼めばいいんだよ」

お勝がそう言うと、

「へい」

顔を綻《ほころ》ばせて、弥太郎は頷いた。

足袋屋『弥勒屋』前の自身番を飛び出した目明かしの作造が、床下に誰かが寝ていた跡があるとの知らせを受けて、谷中の泰然寺に駆けていったのは、三日前のことである。

だが、床下に寝ていたのは、女郎を刺した熊次郎ではなく、流れ着いた江戸で行き場をなくしていた上州《じょうしゅう》生まれの無宿人《むしゅくにん》だということが、その日の夕刻に判明した。

ぱたぱたと足音が届くとすぐ、表から土間へと、慌ただしく人影が飛び込んできた。

「旦那ぁ」

汗を拭く手を止めた弥太郎が、土間に立った吉之助を見て声を発した。

「お帰りなさいまし」

お勝が迎えると、

「お帰りなさいませ」

慶三は軽く頭を下げた。

それには応《こた》えず、吉之助は土間の框に半身で腰掛けるなり、

「例の、根津宮永町で女郎を刺した男が、捕まったようだよ」

息せき切って告げた。

「そりゃ、本当で」

お勝は声を掠れさせた。

「根津宮永町の権六《ごんろく》親分が言うには、水道橋《すいどうばし》近くの、讃岐高松《さぬきたかまつ》藩、松平《まつだいら》家下屋

敷の塀を乗り越えたらしいんだが、馬小屋の馬が嘶《いなな》いたので中間《ちゆうげん》や厩舎番《うまやばん》が駆けつけたところ、腰を抜かして尻餅《しりもち》をついていた男を見つけて取り押さえたということらしい」

吉之助は息を継ぎながら続けた。

「それが、指物師の熊次郎だったんですか」

「そうなんだよ」

吉之助が、尋ねた弥太郎に答えると、

「しかし、よくもまぁ、無様な捕まり方をしたもんですねぇ」

独り言のような物言いをした慶三が小首を捻《ひね》ると、吉之助が、

「目明かしたちが捜していることを知った熊次郎はげっそりと痩《や》せていて、ろくに食い物を口に入れていなかったようだね」

唸《うな》るような声を出すと、胸の前で両腕を組んだ。

「捕まったとなると、螢狩りにも行けそうですねぇ」

お勝が言うと、

「それで今、権六親分や根津門前町の作造親分も、根津宮永町周辺の住人たちに安心するよう、下っ引きたちを走り回らせているそうだよ」

吉之助の言葉に、お勝はつい、小さくふふと笑った。

子供たちを連れて、螢沢の螢を見に行こう——そんな思いが、お勝の頭を駆け巡っていた。


暮《く》れ六《む》つ（午後六時頃）を過ぎた『ごんげん長屋』の井戸端は、熊次郎が召し捕られた話で持ちきりになった。

日はとっくに沈んでいたが、明るみはまだ残っている。

井戸の周りには、夕餉を済ませたお勝をはじめ、お富、お六、藤七が、鍋釜《なべかま》や茶碗などを洗っていた。

仕事から帰ってきたばかりの岩造と鶴太郎が顔や上半身を拭いている傍《かたわ》らでは、小さな空《あ》き樽《だる》を腰掛《こしかけ》にしたお啓が、

「三十三になる指物師が、『久松楼』のおきみって女郎に入れあげて、女房子に逃げられたって経緯は、みんなも承知だから省《はぶ》くけどね」

そんな前置きをすると、ほんの少し体を前のめりにさせた。

そして、

「わたしが、目明かしの作造親分から聞いたところによればだね、女房子に逃げ

られた熊次郎が、心根を改めるかと思ったら、とんでもないんだよこの男はぁ。まるであんた、邪魔者が眼の前からいなくなったのをいいことに、ますますおきみって女郎にのめり込んだって言うじゃないかぁ」

声の調子に強弱をつけたり、手の仕草を交《まじ》えたり、お啓はまるで辻講釈師《つじこうしゃくし》のような様相を呈した。

「女郎にすれば、自分に金を落としてくれる男は上客だから、へそを曲げられたりして失いたくはないのさ」

「うん」

藤七が、お啓の話に相槌を打った。すると、

「そこで女郎は、その上客を繋《つな》ぎ留める手立てを思いつく」

鶴太郎が口を挟んだ。

「それだよ」

そう返答したお啓が鶴太郎を指さすと、

「どれだよ」

岩造が焦れたような声を発した。

「男を引き留める手だよぉ。わたしの年季が明けたなら、どうかあんたの女房に

してくだしゃんせ、とかなんとか言って、男の気持ちを自分に繋ぎ留めておかなきゃならない」

「やるねぇお啓さん」

「なんだいお富さん、何もわたしがそう言ったわけじゃないよ」

お啓が口を尖《とが》らせた。

「お啓さん、こっちは手を止めて待ってるんだから、すすっと話を進めておくれよぉ」

焦れたように催促《さいそく》をしたのは鶴太郎である。

「ところがだよ。『久松楼』の女郎のおきみには、そんな嘘《うそ》で繋ぎ留めていた上客が、他に四人もいたんだよ」

「そのことを、指物師の熊次郎が知ったな」

鶴太郎が、お啓の話に割って入ると、

「そうそうそうそう」

お啓は何度も頷いて、

「騙《だま》されたと知った熊次郎は、それ以来会おうとしないおきみに恨《うら》みを募《つの》らせ、夜明け前に『久松楼』に乗り込むと、寝入っていた女を蹴って起こし、包丁《ほうちょう》を突き立てたっ」

　一気に話したお啓は、そこで大きく息を継いだ。

「そこでどうして、女を殺せなかったんだい」

「あぁ、それはね、前夜から酒を飲んでたもんだから、手元が狂って深手《ふかで》を負わせることができなかったらしいよ」

　お勝は、夕刻、『岩木屋』に立ち寄った作造から聞いた話をして、鶴太郎の不審に答えてやった。

「けどまぁ、色町じゃよくある刃傷沙汰だな」

　鶴太郎がそう吐き捨てると、

「たしかにな」

　岩造が大きく頷いた。

「ちょっとあんた、色町じゃよくあるって、そんなことどうして知ってるんだよ」

　お富が、岩造をきっと睨《にら》むと鼻の穴を膨《ふく》らませた。

「こっちゃ、普段から町ん中駆け回ってる鳶じゃねぇか。小路《こうじ》の奥の些細《ささい》なことまで耳に入ってくるんだよっ」

　岩造は、胸をそびやかしてお富に抗弁した。

岩造が口にしたことは、本当のことだと思われる。

鳶と呼ばれる火消し人足は、町内のどぶの掃除にも社寺の催《もよお》しなどにも駆けつけるし、揉《も》めごとの仲裁に入ることもあったから、世の裏側の些事《さじ》に通じていても不思議ではない。

「それにしても、その指物師は初心《うぶ》すぎるよ。年《ねん》季が明けたら女房にしておくれなんていうのは、ぎりぎりまで客から金を搾《しぼ》り取ろうという女郎の手管《てくだ》だってことを承知で遊ばねぇといけねぇんだ。都々逸《どどいつ》だかなんだかに、こんな文句があるじゃないか。『年季が明けたらお前の傍《そば》へ、きっと行きます断りに』ってさ」

藤七が文句を披露《ひろう》すると、一同から感心したようなため息が洩れ出た。

「それにしても、逃げていた男は、何日もどこでどうしていたんだろうね」

「目明かしの作造親分に聞いたことだけどね」

不審を口にしたお啓にそう前置きして、お勝は話を続けた。

女郎を刺して逃げた熊次郎は、その朝、根津から離れた日本橋浜町堀近くの駿《する》河国沼津《がのくにぬまづ》藩、水野《みずの》家の屋敷に潜《もぐ》り込み、庭の池の植え込みに潜《ひそ》んでいたと、お調べに対してそう自白したという。

その後は、『久松楼』の様子を知ろうと根津に戻り、根津裏門坂《うらもんざか》にある遠江《とおとうみの》国掛川藩《くにかけがわ》、太田摂津守《おおたせっつのかみ》家下屋敷に忍び入り、さらには『ごんげん長屋』とは眼と鼻の先の、三河国吉田藩《みかわのくによしだ》、松平伊豆守《まつだいらいずのかみ》家の下屋敷に移った。

その後、食い物を求めてさまよった末に、水道橋にほど近い場所にある、讃岐国高松藩、松平家の下屋敷に入り込んだところで、屋敷の者たちに捕まったのだった。

「大名屋敷にばかり逃げ込むたぁ、豪気《ごうき》な野郎だねぇ」

鶴太郎から、感心したような声が飛び出した。

厳めしく豪壮《ごうそう》な大名屋敷は、いかにも警固《けいご》が行き届いていると思われがちだが、盗人などを詮議《せんぎ》する奉行所の同心や目明かしたちの話によれば、忍び込んだり隠れたりするのは、さほど難しいことではないという。

まして、下屋敷となると、邸内には米や穀物《こくもつ》、漬物《つけもの》の蔵などが幾棟《いくむね》もあり、他に、畑地や花壇、鍛冶場《かじば》、馬小屋などが設《もう》けられていて、庭師をはじめ、百姓、職人、商家の者らが広大な屋敷に出入りしている。

したがって、よほどの不審な挙動が見受けられないかぎり、怪《あや》しまれることはないらしい。

そのことをお勝が話すと、その場にいた連中から「ほう」とか「なるほど」という声が飛び出した。

「しかし、捕まったその野郎は、乙《おつ》なことをしやがったね」

そう口にした藤七が、ふふふと、笑い声を上げた。

「乙とはなんだい」

鶴太郎が尋ねると、

「沼津藩の水野家を手始めに、遠江の掛川、三河の吉田と、東海道を上って、最後は四国の高松となりゃあ、江戸にいながらにして金毘羅《こんぴら》さん参りをしてのけやがったからさぁ」

「なるほど。金毘羅さんは讃岐だったねぇ」

鶴太郎が感心したように頷くと、岩造も「うんうん」と唸り声を発した。

「さて、引き揚《あ》げるか」

お富が器《うつわ》の入った桶を抱えて立ち上がると、岩造は鍋釜を持ってやり、路地の奥へと向かっていった。

辺りはいつの間にか、夕闇に包まれていた。

「それじゃ」

井戸端に集まっていた住人たちは、口々に辞去《じきょ》の言葉を交わして引き揚げていく。

お勝が、洗い終えた鍋釜を持ち上げようとしたとき、表通りに通じる小路に眼を遣《や》った。

やってきた人影が、井戸端近くで足を止めた。

「お勝さんか」

人影から、聞き覚えのある男の声がした。

お啓の家から洩れた明かりが、銀平の顔をうっすらと浮かび上がらせた。

「今時分、何ごとだよ」

「沙月さんに頼まれて来たんだ」

銀平の物言いに、沈んだ響きが籠もっている。

「近藤道場の鶴治が、二日前、本所で敵《かたき》を討ちやがったそうだよ」

銀平からそう聞かされたお勝は、口を開けたものの、何ひとつ言葉を出せなかった。

ガシャン――近くの長屋か商家の台所から、茶碗の割れる音が聞こえた。

日陰になって薄暗い茶店の中に、ザワザワと楠《くすのき》の葉擦《はず》れの音が降り注いでいる。

大風が吹いているのではないが、根津権現社境内の楠の大木は、葉を茂らせた枝が四方に伸びて、ちょっとした風にも大きな音を撒き散らすのが常だった。

お勝と沙月は、根津権現社の裏門近くにある茶店の中の床几《しょうぎ》に腰掛けていた。

二人が腰掛けている土間の戸は取り払われていて、日射しを浴びた植栽《しょくさい》の小庭が望める。だが、茶店の周りには楠や欅《けやき》などの高木《こうぼく》が聳《そび》えて日射しを遮っており、屋根の下は案外涼やかだった。

『ごんげん長屋』に銀平が現れた翌日、二十二日の午後である。

「鶴治さんのことで話があるのよ」

『岩木屋』にやってきた沙月は、思いつめた顔つきをしていた。

主の吉之助が帳場に座ると言ってくれたのに甘えて、お勝は沙月を連れて茶店に入っていた。

「鶴治さんが敵を討ったのは、三日前だった」

出てきた白玉をひとつ食べた後、沙月はおもむろに口を開いた。

「その日は、道場の用事もなかったから、敵を捜しに、また本所へ行ってみると言って、昼過ぎに出掛けていったのよ」

そして、この三月《みつき》ばかりの間に、鶴治が本所に足を向けたのは、十数回に及んでいると沙月は言う。

『この二年ほど世話になっているお屋敷近くの寺では相撲興行があり、年に二度、見物に行っている』

郷里の縁者に書き送った文の記述から、敵の甚吉は相撲興行の行われる回向院界隈に住んでいると推察されるだけで、その確証はなかった。

本所に出掛けた三日前も、夕刻まで敵を見つけることはできず、鶴治は両国《りょうごく》橋東広小路《ばしひがしひろこうじ》の石置き場で、石に腰掛けて疲れた体を休めていた。

「日が沈むまであと半刻という頃おいだったそうよ。西日を背にして両国橋を渡ってきた刀を差した二人の人影が眼に入ったそうなの。一人は、微禄《びろく》の御家人らしき侍で、もう一人は侍というより、いかにも従者らしく、気ままな装《な》りをしていたそうよ」

鶴治は、従者の横顔を見て、九年前、一度郷里に戻ってきたときに見た甚吉に間違いないと確信したらしい。

石置き場を後にして御家人と従者をつけると、二人は、本所亀沢町《ほんじょかめざわちょう》御用屋敷《ごようやしき》近くの小ぶりな屋敷に入ろうとしたので、

「お待ちを！」

鶴治は、時を逃してはならじと声を掛けた。

「何か」

御家人らしき侍が、鶴治を見て不審の声を上げたが、

「お連れの方にお尋ねしたいことがあります」

鶴治が甚吉に似た男に眼を向けるなり、

「下総香取、高倉村の甚吉さんではありませんか」

そう問うと、相手は不審な様子ながら、頷いた。

そこで鶴治は名を名乗り、甚吉を父の敵として討ちに来た経緯を滔々《とうとう》と述べたのである。

すると、御家人らしき侍は大いに感じ入り、御用屋敷裏にある馬場《ばば》で正々堂々と立ち合うように勧めたという。

鶴治が多少ながらも剣術を身につけていたとは知る由もない甚吉は、剣を向け合う直前まで、薄笑いを浮かべて余裕を見せていたが、立ち合いはほんの寸刻で決した。

鶴治の剣が勝《まさ》り、甚吉を斬り伏せたのである。

「敵を従えていた御家人らしきお侍の事後処理は、実に素早かったらしいのよ」

沙月はしみじみと口にした。

馬場の近くに屋敷を構える大身《たいしん》の旗本家を訪れて立ち合いの一件を報告し、死人の弔《とむら》いも馬場を汚《けが》した後始末も、御家人が請け合うとまで申し述べた。

さらに、立ち合いを見物していた近隣の御家人や辻番所《つじばんしょ》の番人たちから、〈鶴治の闘いぶりは真摯《しんし》であり〉〈討ち取った後の振る舞いも神妙〉という声が上がり、それは、鶴治の敵討ちの是非を問う審議の場にも伝わっているということである。

その審議には、身元引受人である沙月の夫、勇五郎が同席しており、十五年を掛けた親の敵討ちを果たした忠孝と執念を説《と》き、鶴治の弁護に努めていると話して、沙月は大きく息を吐き出した。

「どういうお裁《さば》きになるんだろうね」

お勝は声を掠れさせた。

「武士でない者の敵討ちは許しがたいということになれば、なんらかの罰が下されることにもなるわね」

沙月の声は沈んでいた。

その声を聞いたお勝は、「もしかして、死罪になるのか」と聞きかけた言葉を、さりげなく呑《の》み込んでしまった。

五

日の出まではまだ間はあるが、東の空はかなり白んでいた。

日本橋本石町《ほんこくちょう》の時《とき》の鐘《かね》が七つ(午前四時頃)を打ってから、四半刻ばかりが経っている。

大川《おおかわ》に注ぎ込む日本橋川は、川上に日本橋、室町《むろまち》の一大商業地を抱え、川下には酒や醤油《しょうゆ》など、諸国の産物が運ばれる霊岸島《れいがんじま》があって、早朝から多くの荷船が川面《かわも》を行き交う。

日本橋川の中流域に、鎧《よろい》の渡《わた》しがあった。

日本橋小網町と、対岸の南茅場町《みなみかやばちょう》を繋ぐ渡し舟の乗降場である。

お勝は、小網町の鎧河岸《よろいがし》で足を止めると、岸辺の左右に眼を遣った。

係留《けいりゅう》されている船はなく、眼の前の川面には船頭の怒号《どごう》が飛び交い、空船や荷を積んだ船が船腹《せんぷく》をこすり合わせるようにしてすれ違っている光景が見られた。

「明朝七つ時分に、近藤道場の鶴治さんが江戸を離れます」

昨夕、『ごんげん長屋』を訪ねてきた若い男が、馬喰町の目明かし、銀平に頼まれたという伝言をお勝に届けた。

銀平の使いによれば、鶴治は、日本橋小網町の鎧の渡し近くから船に乗り込む算段だということだった。

敵討ちをした後、鶴治は審議に掛けられていたが、三日前に『無罪放免』になったことがお勝にもたらされていた。

鶴治の敵討ちの顚末が、近藤道場に通う大名家の家臣、旗本の子弟などの口から諸方に広がったのが、咎めなしという結果を生んだものと思われた。

武士でもないのに、十年以上も掛けて親の敵を討つとは感心だという声が上がり、鶴治擁護の気運が高まったのだ。

近藤道場の門人が仕《つか》える大名家の江戸屋敷などでは、「召し抱えてもよい」というような声もあったと聞いた。

また、剣術の指南をしていた建部源六郎は、父の建部左京亮に、鶴治の屋敷奉公を進言したという話もお勝の耳に届いていた。

それにもかかわらず、鶴治が江戸を離れるのは何ゆえか、合点《がてん》がいかないままお勝は鎧の渡しに足を向けたのである。

鎧の渡しから一町（約百九メートル）あまり北にある、小網富士《こあみふじ》と称される富士塚《ふじづか》の方から、男の三人連れがゆっくりと近づいてきた。

袴を穿《は》いた近藤虎太郎と帯に十手を差した銀平、それに、手甲脚絆《てっこうきゃはん》を着け、菅笠《すげがさ》を背に負い、草鞋《わらじ》を履いた旅装の鶴治だった。

「お勝さん、このたびは何かとご心配をおかけしまして」

鶴治は、お勝の前で深々と頭を下げた。

「そんなことはなんでもないけど、船でいったい、どこへ行くんだい」

お勝が問いかけると、

「折よく、下総の行徳《ぎょうとく》に帰る平田船《ひらたぶね》があったので、ひとまず行徳まで行きます」

鶴治は小さな笑みを見せた。

「行徳からなら、生まれ在所の高倉村までは地続きだな」

銀平が陽気な声を掛けたが、鶴治は微かに戸惑いを見せた。

「それで、沙月は見送りには来ませんか」

お勝が虎太郎に話を向けると、

「近藤先生と奥様には、昨夜、きちんとお別れをしました。ですから、わたしごとき者の見送りなど不要に願いますと、申し上げたのです」

鶴治が、虎太郎に代わって答えた。

「鶴治さんは、何につけても頑固で困りますよ。道場の門人が勤めるお家などから召し抱えたいとの申し出があったにもかかわらず、ことごとく断ったくらいですからね」

虎太郎は非難というより、親しみを込めて、呆《あき》れ果てたというような声を発した。

「在所の高倉村に帰るんですね」

お勝が思い切って尋ねると、

「いえ。村の近くまで行ったら、弟と妹に別れを告げて、どこかへ行くつもりです」

鶴治の声に迷いは窺えなかった。

「お前さんの敵討ちにはなんの科《とが》もなかったんだ。村に戻って、畑仕事を続けてもいいじゃねぇか」

銀平が、お勝の思いを代弁するかのように、鶴治に話しかけた。

「わたしは、自分の悔しさを晴らすためだけにお父っつぁんの敵《かたき》を取りました。お武家様が言う、『義』のためなんかじゃないんです。なんにもなかった顔をして、村に戻るわけにはいきません」

鶴治の声からは、なんの気負いも感じられなかった。

むしろ、重荷を下ろした軽やかさがあった。

「高倉村には、手に掛けた甚吉さんの親類縁者が暮らしてます。お上からなんのお咎めもないからといって、わたしが村に戻って野良仕事を始めたら、どんな思いをするか——そんなところでは、前のような暮らしはできません。そんなことをしたら、お父っつぁんが死んでから六年後、『おれは大手を振って歩ける』と言い放った甚吉さんと同じことになります。敵討ちとはいっても、どっちにしろ、わたしはただの人殺しなんです。どこか、知らない土地で、こっそり生きることにします」

話し終えた鶴治が、一同に軽く頭を下げた。

「やっぱり頑固だ」

虎太郎がぽつりと口にすると、鶴治の顔に小さな笑みが浮かんだ。

「あの船じゃやねぇか」

銀平が江戸橋《えどばし》の方に指をさした。

俵物《たわらもの》を積んだ平田船が一艘《そう》、鎧の渡しに舳先《へさき》を向けて近づいてくるのが見えた。

「船の手配をしたのは銀平かい」

「いやぁ。道場の勇五郎さんだよ」

銀平は、尋ねたお勝に片手を打ち振った。

「父が懇意《こんい》にしている河岸の親方に頼んだら、船頭さんが乗せてくれることに」

虎太郎が打ち明けた。

「ええと、行徳へ行くってお人は」

岸辺に平田船を横づけにした中年の船頭が棹《さお》を手にしたまま、岸に立つ四人に声を掛けた。

「わたしです」

「遅れてすまなかったな。いや、こっちに嫁に来たおれの娘が、顔を見せに来やがってね、へへへ。それでつい話し込んだもんだから」

船頭は、石垣《いしがき》の隙間《すきま》に棹を突き挿《さ》して船の動きを止めると、

「ささ、飛び乗ってくれ」

船頭の声に促された鶴治は、船に飛び移った。

そこで、少し改まった鶴治は、

「虎太郎様、お勝さん、銀平さん、これまでのご親切、ありがとうございました」

深々と腰を折った。

「どこかで腰を据《す》えたなら、故郷にも、近藤道場にも、ちゃんと知らせをよこすんだよ。いいね」

お勝が声を投げかけると、

「はい」

鶴治から、素直な声が返ってきた。

「そろそろ日の出だ。行きますぜ」

船頭は、石垣に挿した棹を抜くと、今度は棹を石に突き立てるようにして押し、岸辺を離れた平田船を日本橋川の真ん中に向けた。

「皆さん、どうかお達者で！」

平田船から声がしたが、積み荷の陰になって、鶴治の姿は見えない。

川の流れに乗った平田船は、ゆっくりと霊岸島の方へと向かっていく。

あとわずかで大川に出る鶴治の船は、その後小名木川《おなぎがわ》に入って東へ向かい、下総国を目指すのだ。

船頭がそろそろ日の出だと口にしたが、鶴治の行く末にも日が射しますように
——そんなことを胸に念じて、お勝は思わず、明るみを増した東の空に向かって、

手を合わせた。

第三話　紋《もん》ちらし

一

昨日の五月二十八日は、大川の川開きだった。

川開き初日の夜は、両国橋で華々《はなばな》しく花火が打ち上げられるのが例年のことである。

その日を境に、向こう三か月間、夜間の納涼船《のうりようせん》の営業が許され、江戸は夏の盛りを迎えるのだ。

空いた鍋釜《なべかま》に茶碗などを入れたお勝が『ごんげん長屋』の路地に出ると、住人たちの話し声が井戸端《いどばた》の方から届いた。

まだ少し明るみの残っている六《む》つ半（午後七時頃）という頃おいである。

三人の子供たちと家で夕餉《ゆうげ》の膳《ぜん》に着いていたときから賑《にぎ》やかな声は聞こえていたのだが、近隣に建つ家々の壁や隣家との境に延びる塀《へい》に囲まれた井戸端での話し声は一段と高く響き渡っていた。

井戸の周りには、仕事帰りの鶴太郎と貸本屋の与之吉が汗を拭《ぬぐ》い、与之吉の女房のお志麻と植木屋の女房のお啓は、笊《ざる》や桶《おけ》を洗っていた。

「家の中にまで、何かを見たって声が届いてたけど、誰か昨夜、両国に花火見物に行ったのかい」

鍋釜を井戸端の簀《す》の子《こ》に置いたお勝が、井戸水を汲《く》み上げながら問いかけると、

「そうじゃないんですよ」

笑みを浮かべたお志麻が、首を横に振った。

「あんなさぁ、息もできないような人混みの中には、金輪際《こんりんざい》行く気は起きないよお」

口を尖《とが》らせたお啓は、渋面《じゅうめん》を作った。

両国橋の川開きの夜は、例年、多くの人たちが押しかけて、朝まで賑わう。

あまりの人出に、倒れたり踏んづけられたりして大怪我《おおけが》をする者も多かった。

人の溢《あふ》れる橋の上からも両岸からも、大川に落ちて溺《おぼ》れる者も毎年出た。

以前は川開きに行ったことのある『ごんげん長屋』の住人のほとんどは、その夜の混雑を身に染みて知っているから、花火の上がる両国に近づくことは敬遠し

ていた。

「見たって話は、花火のことじゃないんですよ」

お勝にそう教えてくれたのは、首筋を拭《ふ》き終えた与之吉である。

「昨夜、妙なものが空を飛んだっていう話を、鶴太郎さんがしてくれたものですから」

お志麻が与之吉の後を補《おぎな》った。

「いや、おれが今日、永代橋西広小路《えいたいばしにしひろこうじ》の御船手番所《おふなてばんしょ》の前を通りかかったから、顔見知りの番所の爺さんに、丸薬《がんやく》はいらないかと声を掛けたんだよ」

そう口を開いた鶴太郎は、十八粒の丸薬を五文で売り歩く十八五文《とおはちごもん》を生業《なりわい》にしている。

鶴太郎が声を掛けた番所の爺さんからは、「間に合ってる」との声が返ってきたのだが、

「実は、昨夜というか、今朝の夜明け前だったたか、ふと眼が覚めて番所から出て橋の袂《たもと》に立ったときだよ。空を、妙なものが飛んでいたんだよ」

すぐに、薄気味悪そうに声をひそめたのだと、鶴太郎も声を低めた。

妙なものとは、白い猪《いのしし》に跨《また》がった狩衣《かりぎぬ》の武者だったと番所の爺さんは鶴太郎

に話し、箱崎《はこざき》や霊岸島辺りでも、それを見たという噂《うわさ》が広がっているとも付け加えた。

「なんでも、烏帽子《えぼし》を被《かぶ》った狩衣姿の武者が、白猪《しろい》に跨がって、東北と言うから、亀戸の方角から西南の赤坂《あかさか》、青山《あおやま》の方へと朧《おぼろ》な月明かりのする空をふわりふわりと駆けていったと言うんだよ」

鶴太郎は、まるで自分が見たような面持《おもも》ちで口を利《き》いた。

「しかしそれは、寝惚《ねぼ》けてた爺さんの見間違いじゃないのかい」

お啓が不審を述べると、

「いやぁ、その狩衣の袖《そで》にはくっきりと家紋《かもん》があったのも爺さんは見てるんだぜ。寝惚けてたら、そんなもんにまで眼は行かねぇよぉ」

鶴太郎は番所の爺さんの肩を持った。

「どんな家紋だったのかね」

与之吉が呟《つぶや》くと、

「爺さんによれば、十二本源氏車《じゅうにほんげんじぐるま》だってよ。おれは、それがどんな模様かは知らねぇけど」

「鶴太郎さん。源氏車っていうのは、ほら、根津権現とか八幡《はちまん》様の祭りのときなんかに、人や牛が曳《ひ》く山車《だし》についてる大きな車輪の形ですよ」

お志麻がそう説《と》き聞かせると、鶴太郎をはじめ、与之吉やお啓から「あぁ」と得心した声が上がった。

が、すぐに、

「だけど、あんな込み入った模様の家紋が空を飛んでたのを、見分けられるはずがないじゃないか」

お啓から疑義が飛び出した。

「だけど、爺さんは見たと言うんだからさぁ」

鶴太郎は軽く口を尖らせたが、お勝には、お啓の疑義がもっとものことだと思われる。

様々な商家や武家を相手にする質屋の番頭という仕事柄、これまで無数の家紋を眼にしてきた。

ひと口に源氏車の家紋と言うが、『七本源氏車《ななほんげんじぐるま》』『花形源氏車《はながたげんじぐるま》』『源氏輪《げんじわ》に違《ちが》い鷹《たか》の羽《は》』など、形や細かに模様の違う二十を超える数の源氏車の紋《もん》があるのだ。

狩衣に印《しる》された家紋が空を飛んでいるのに、見分けられるはずはないのだが、そのことをここで口にするつもりはなかった。

「なんだい、庄次さん。いつの間にかヌッと立ってるからびっくりするじゃないか」

お啓が素《す》っ頓狂《とんきよう》な声を向けると、

「どうもすいません」

芥溜《ごみため》の傍《そば》に突っ立っていた左官の庄次は、弱々しい声で頭を下げると、井戸端を通り抜け、路地の右側の、井戸から一番近い自分の家へと入っていった。

「元気がないね」

鶴太郎の声に、その場の一同が小さく頷《うなず》いた。

あと四半刻《しはんとき》（約三十分）ほどで九つ（正午頃）という時分である。

五つ（午前八時頃）に店を開けた直後から、質舗『岩木屋』には質入れの客や質草《しちぐさ》の請《う》け出しの客が訪れて、番頭のお勝は帳場の小机に着いて預かり証を書き続け、主《あるじ》の吉之助と手代の慶三は預かっていた質草を持ち出す仕事に追われて、帳場と蔵を何度も往復する始末だった。

その騒ぎが一段落したのはほんの少し前である。

水で喉《のど》を潤《うるお》したお勝と慶三は、帳場の隅に置いていた質入れの品々に、質入れ客の名と今日の日付を記した紙縒《こよ》りを結びつける仕事に取り掛かっており、吉之助は、框《かまち》に腰掛けて煙草《たばこ》を吸う蔵番の茂平の傍で、首の汗を拭っている。

お勝が紙縒りを結びつけている品の中には、金色《こんじき》の紋があしらわれた黒塗りの文箱《ふばこ》や武者人形《むしゃにんぎょう》、銀の煙管《きせる》があった。

「さっき、番頭さんが言ってた話だがねぇ」

茂平は煙草の煙を吐き出しながら、のんびりとした物言いをした。

「さっきっていうと」

「ほら、夜空を駆ける狩衣の武者のことさ。いやね、それに似た噂が、二、三年前に広まったことがあったんだよ」

茂平はそう言って、煙管を咥《くわ》えた。

「そうそう。そのときは、跨がってたのは白猪じゃなくて、馬だって話でしたがね」

汗を拭く手拭《てぬぐ》いを打ち振って話に乗ってきたのは、吉之助で、

「時はたしか、文化《ぶんか》十三年（一八一六）の八月っていう時分じゃなかったかねぇ」

思案するように天を仰《あお》いだ。

文化十三年といえば、今から遡《さかのぼ》ること三年前である。

吉之助によれば、その年噂になったのは、やはり烏帽子を被った狩衣の武者が馬に跨がって、本所の方角から千代田《ちよだ》のお城の西へと夜空を駆け抜けたということだった。

「それにあのときは、翻《ひるがえ》った狩衣の袖についてた紋は、源氏車じゃなく、五三《ごさん》の桐《きり》だったはずだ。ほら、川越藩《かわごえ》主が用いる川越桐《かわごえきり》って紋所《もんどころ》だよ」

吉之助の話に、

「なるほど、五三の桐にもいろいろありますからねぇ」

慶三は感心したように軽く唸《うな》った。

「それにしても、今年の空飛ぶ武者が白猪とは笑っちまうじゃないか。三年の間に飼葉代《かいばだい》が払えなくなって、馬を売り飛ばして猪に乗り換えたんじゃあるめぇな」

「茂平さん、それこそ本当の鞍替《くらが》えってやつですよ」

慶三がそう言うと、

「ちげぇねぇ」

呟いた茂平は、慶三と顔を見合わせると、二人してククククと、含み笑いをした。

「だけど、何か、嫌なことが起きる予兆じゃなきゃいいんだがねぇ」

「旦那さん」

慶三が不安げな声を洩《も》らした。

「三年前はたしか、駿河や東海、畿内《きない》の方で大雨が降って、洪水が起きたんだよ、うん。お城じゃ、勝手掛老中《かってがかりろうじゅう》の誰だかが病《やまい》になって、職を辞したってこともあったね。うん、その年だよ。夏から秋には疫病《えきびょう》も広がって、その翌年は、諸国で旱魃《かんばつ》があった」

吉之助が記憶を手繰《たぐ》り寄せると、

「翌年ってことは、今から二年前だから——あっ。柳橋《やなぎばし》の万八楼《まんぱちろう》で大酒《おおざけ》飲みや大食い比べがあったという噂が飛んだ年ですよ」

慶三まで記憶を呼び覚ました。

「ということは、その翌年の四月、つまり、去年の四月に元号が変わって、文化十五年（一八一八）が文政元年に改まったんだよ」

お勝もつい指を折って、この一、二年の出来事を辿《たど》ってしまった。

「世の中は無常って言うから、何が起きても不思議じゃねぇってことさ」

さらりと口にした茂平は、吸殻《すいがら》を落とした煙管を咥え、ふっと息を吹きかけた。

お勝は、家の戸を静かに開けた。

眼の前の路地には、薄明かりがある。

見上げると、満天の星が煌《きら》めいていた。

「ううう」

またしても、もがき苦しむような低い唸り声が聞こえた。

寝入ってからどのくらい経《た》ったのかはわからなかったが、お勝はその声に起こされたのだ。

路地を挟んで向かい合っている『ごんげん長屋』の二棟《むね》に、家の明かりはない。

「ううう」

細く唸る声が井戸の方から聞こえた。

下駄《げた》の音を殺したお勝が、声のする方へそっと足を向けようとしたとき、向かいの家の戸が静かに開いた。

「戸を開ける音が聞こえたから」

顔を突き出したお六の囁《ささや》く声に、お勝は頷いて応《こた》えると、井戸の方に指をさす。

お勝とお六が足音を殺して歩《ほ》を進めると、右側の棟の一番端からふたつの人影がそろりと出て、向かいに住む庄次の家の戸口に耳を近づけた。

姿形から、植木屋の辰之助と女房のお啓に違いない。

お勝とお六が近づいたのに気づくと、

「唸り声だろう？」

声を低めたお啓に問いかけられたお勝とお六は、黙って頷いた。

「庄次さんだよ」

辰之助は、庄次の家の戸を指さした。

「与之吉さんとお志麻さんのとこかと思ったけど」

そう言うと、お六は庄次の家の隣に眼を遣《や》った。

「お志麻さんたちは、今夜は品川《しながわ》泊まりだよ。与之吉さんの親戚の家で祝いごとがあるとか言ってたから」

お啓が小声で教えた直後、

「ううう」

庄次の家の中から、先刻から聞こえていた唸り声がした。

辰之助がいきなり戸を開けて、土間に踏み込むと、

「おい、庄次さん」

抑《おさ》えめだが、鋭い声を発した。

突然、唸り声は途切れ、寝ていた庄次が上掛《うわが》けを撥《は》ねのけて、薄縁《うすべり》の上に上体を起こした。

「ワッ」

土間に立った辰之助を見て、庄次が驚きの声を上げた。

「おれだよぉ」

「あ、辰之助さん」

庄次がほっとした声を上げたところで、

「わたしは、勝」

「辰之助の女房だ」

「六ですよ」

女三人は、名乗りを上げて狭い土間に入り込んだ。

「な、なんなんですか」

大挙して現れた住人を見て、庄次はおののいたように後じさった。

「ここから唸り声がしてたから、心配して来たんじゃないかぁ」

お啓がそう言うと、庄次は「え」と、戸惑いを見せた。

「ひどいうなされようだったんだよ」

お勝が告げると、

「そりゃ、中には、気づかないで寝続けた人もいるけどさぁ」

お六はほんの少し嫌味を込めた。

いつも暗いうちに青物《あおもの》の仕入れに出掛けるお六にすれば、夜中に眠りを邪魔されるのは、日中の仕事に障《さわ》るということなのだろう。

「どうも、悪い夢を見てしまって。でももう、大丈夫ですから、どうかお引き取りを」

薄縁の上に膝《ひざ》を揃《そろ》えた庄次は、土間のお勝たちに向かって、神妙に頭を下げた。

二

月が替わった六月一日である。

夏の不忍池の水面《みなも》には、例年、多くの蓮《はす》の葉が浮かぶ。

蓮の花が開くのは早朝から昼頃までなので、八つ半（午後三時頃）という今時分には、すでに花はしぼんでいた。

花はしぼんでも、不忍池の畔《ほとり》には、多くの人の行《ゆ》き交《か》いが見られる。

お勝は、車曳《くるまひ》きの弥太郎と、池の東岸を北の方へと向かっていた。

浅草新寺町《あさくさしんてらまち》の仏具屋に、修繕の仏壇を運び入れた帰りである。

池の中の弁天堂《べんてんどう》に延びる道を通り過ぎたところで、お勝はふと足を止めた。

「何か」

大八車を止めた弥太郎に問われたお勝は、

「『ごんげん長屋』の住人がいるから、弥太郎さん、先に帰っておくれよ」

そう口にすると、

「へい」

弥太郎は詮索《せんさく》することもなく、車を曳いていった。

池の畔から上野《うえの》東叡山《とうえいざん》の山内へと通じる稲荷坂《いなりざか》に足を向けたお勝は、木陰に座り込んでいた庄次のすぐ近くに立った。

「あ」

庄次はお勝に気づいて、小さな声を洩らした。

「今時分、どうしたんだい」

お勝が問いかけると、

「はぁ」

庄次は、情けないようなため息をついた。

お勝やお六らが、夜中の唸り声に気づいて、庄次の家に行ったのは昨夜のことである。

昨夜の一件は誰が吹聴《ふいちょう》したかは判然としないまま、朝には『ごんげん長屋』の住人に知れ渡っており、井戸端の話題となっていた。

今朝になって知った藤七や彦次郎などは、盛んに庄次の様子を気にかけていたので、気を利かせたお勝が庄次の家に様子を見に行った。

眠たそうな顔をしていたものの、

「朝餉の支度はしなかったけど、親方の家の近くの一膳飯屋《いちぜんめしや》に飛び込みますから」

そう口にして、庄次は家を出た。

「もし、困ったことがあったら、わたしにお言いよ」

お勝は背後からそう声を掛けたのだが、庄次は何も応えず、表通りへと去っていったのだ。

いつもなら、夕刻まで左官業に勤《いそ》しむ庄次が、仕事終わりまでにはかなりの間があるこの刻限に、不忍池の畔に座り込んでいるというのが異様なことだった。

「今日、仕事には行ったんだろう？」

「あぁ。けど、今日の分の仕事は、案外早く終わってさ」

「それにしちゃ、元気がないね」

お勝が、ずばりと口にした。

すると、庄次はゆっくりとお勝を見上げ、

「お勝さん、今朝、困ったことがあったらなんでも聞くと言ってくれたけど、ほんとに聞いてくれるかい」

困ったような笑みを浮かべた。

「聞くよ」

お勝は、小さな声でそう返事をする。

「長屋じゃ周りに耳があるし、夕餉の後、『つつ井』じゃどうかねぇ」

庄次から、『ごんげん長屋』の近くにある居酒屋の名が出た。

「わかった。六つ半（午後七時頃）過ぎには行けるよ」

お勝は、笑顔で頷いた。

夜の根津権現門前町の通りには多くの人出があったが、居酒屋『つつ井』の中も混み合っている。

酒で暑気払《しょきばら》いをしようという連中が押しかけているようだ。

表の通りを行き交う足音が、開けっ放しの戸口から遠慮なしに店の中に流れ込んでくる。

お勝が『つつ井』に来たとき、庄次はすでに入れ込みの板の間に胡坐《あぐら》をかいて、夕餉を摂《と》りながら酒も口に運んでいた。

夕餉を済ませてから駆けつけたお勝は、酒と肴《さかな》だけを頼んだ。

子供たちと一緒に夕餉を摂った後、片付けを済ませて出掛けようとすると、

「眠くなったら布団を敷いて勝手に寝るから、ゆっくりしてきていいからね」

お琴からそんな言葉を掛けられて、長屋を後にしてきた。

お勝がいちいち指図をしなくても、いつの間にか、子供たちにはそのくらいの分別ができていたのだ。

「お勝さん、お待たせ」

お運び女のお筆《ふで》が、お勝の前に酢《す》の物《もの》の小鉢《こばち》と一合徳利《いちごうどっくり》を置くと、近くの客が積み上げていた空の器《うつわ》を盆に載せて、土間の奥の板場に運んでいった。

お運び女とはいうものの、お筆は四十半ば過ぎの大年増である。長年、お筆の仕事ぶりを見てきているが、きびきびした身のこなしは、十年前と大して変わりはない。

「まず、おれが注ぐよ」

庄次が、自分の二合徳利をお勝に突き出した。

「後は手酌《てじゃく》だよ」

そう断って、お勝は庄次の酌を受ける。

二人はなんとなく盃《さかずき》を軽く掲《かか》げてから、口へと運んだ。

「包み隠さず言うとね、おれ、囲ってる女がいるんですよ」

酒を二杯飲み終えたとき、庄次は思いもしないことを打ち明けた。

あまりのことに声もなく、お勝は眼を丸くした。

「いや、おれ一人で囲ってるんじゃなく、ほら、一人の女を男五人でさ」

庄次の言う、一人の女を何人かの男たちが囲うという話は、お勝も耳にしたことがあった。

いわゆる、〈安囲い〉という手立てだった。

「その女に、男一人、月に一分ずつ出してるから、女は、月に一両一分を受け取ってる勘定《かんじょう》だよ」

庄次の話に、お勝は小さく頷く。

腕に磨きをかけた左官を生業とする庄次なら、大工と同じくらいの高い手間賃を得ているはずだ。

細かくは聞いたことはないが、知り合いの大工は、一日に一朱かそれ以上の手間賃だと言っていた。

左官も大工も、雨風の日は仕事にならないとしても、月に二十日も働けば、少なくとも一両一分は稼げるから、独り者なら、安囲いに一分は苦もなく割《さ》けるだろう。

「実は、困ったことが起きましてね」

「女が、手当ての額を上げろとでも言い出したのかい」

「いや、困ったことは女にも起きたし、囲ってる男たちにも起きまして」

庄次はそう言って首を傾《かし》げた。

「わたしには、お前さんが何を言ってるのか、さっぱりわからないんだがねぇ」

お勝は、焦《じ》れたように急《せ》かした。

すると庄次は、お勝の方に身を乗り出して、

「囲ってる女が、子を孕《はら》みまして」

そう囁いた。

混み合っている店の中だから、普通に声を出しても周りに聞こえる心配はない

のだが、庄次は用心したようだ。

アハハ！――近くで車座《くるまざ》になって飲んでいた職人たちから、突然笑い声が上がった。

「お前さんの子をかい」

「そうじゃねぇんだよ。女はね、誰の子かわからねぇと言うんだよ」

庄次の話に、お勝は開いた口が塞《ふさ》がらなかった。

庄次はさらに、男五人は月に二度、決められた日に女の家に行くのだと言う。

男同士がかち合わないように、女が日にちを塩梅《あんばい》するらしい。

用があって月に一度も行けなくても、月に一分の手当てが値引きされるということはなかった。

「おれたち男が、月に一度か二度は、その家に入れ代わり立ち代わり行ってるってことだから、女にしても、誰の子種《こだね》かわからねぇってことかもしれねぇ」

庄次はそう言うと、「はぁ」と息をついた。

「それで、どうするんだよ」

声を低めたが、お勝は問い詰めるような物言いになった。

「それが、なかなか決まらなくて、女も男たちも往生《おうじょう》してるんです」

庄次が言うには、身籠《みご》もった女もずるずると迷い続けているらしい。迷った末に中条流《ちゆうじようりゆう》の女医者のもとに行ったのだが、腹の子を堕《お》ろせる時期はとうに過ぎたと言われ、ついに今月、産み月を迎えたという。

「ええーっ！」

思わず大声を上げたお勝は、慌《あわ》てて口を手で塞いだ。

周囲の客たちを見回したが、お勝の大声に頓着《とんちやく》している様子はなかった。

「それで、明日の晩、腹の子の父親と思われる男五人が、女の家に集まって、生まれてくる子のことを話し合うことになってるんですよ」

「そりゃ、いいことだよ」

「そこにはおれも行くが、お勝さんについてきてもらいたいんだが、どうだろう。話がもつれて修羅場《しゆらば》になったとき、さばききれる人がいてくれると助かるんだ」

「わたしにそんなことができるかどうか」

「お勝さん、頼みます」

胡坐をかいていた庄次が膝を揃えると、板の間にガバッとひれ伏した。

不忍池の西側にある下谷茅町《したやかやちよう》の裏通りは夕闇に包まれている。

『岩木屋』の勤めを終えて、一旦『ごんげん長屋』に帰ったお勝は、子供たちと夕餉を摂った後、庄次とともに湯島へと向かっていた。

お勝は昨夜、庄次ら五人の男が囲っている女が身籠もり、産み月を迎えていると聞かされた。

近々生まれる子をどうするかという話し合いが、女の家で開かれるので出てもらいたいと庄次に頭を下げられて、承知したのだった。

昨夜、女の名は喜代《きよ》という、二十六になる元芸者だと聞いた。

酒に酔って転んだのがもとで片足を傷《いた》めて、踊りが思うようにできなくなったため芸者を廃業し、三味線《しゃみせん》と小唄《こうた》の師匠を始めたという。

だが、教えを乞《こ》いに来る者は少なく、暮らしを立てるために安囲いの身になったのが、四年前のことだった。

下谷茅町を通り抜けたお勝と庄次は、天神石坂下通《てんじんいしざかしたどお》りから切通《きりどおし》で右へ折れ、天神社地門前町《てんじんしゃちもんぜんちょう》へと足を向けた。

「お喜代さんの家は、天神社地門前町でも、霊雲寺《れいうんじ》下の方ですから」

庄次が口にしたのは、御府内《ごふない》八十八か所のうち、二十八番札所となっている真《しん》言宗《ごんしゅう》の寺の名である。

霊雲寺の塀に沿った道から左へ折れると、

「その家です」

庄次が三軒目の平屋を指し示した。

『三味線小唄指南　喜代』と墨《すみ》の滲《にじ》んだ木札が下がっている戸口に立った庄次は、腰高障子《こしだかしょうじ》を開けて土間に入り込み、

「お喜代さん、庄次だが」

部屋の明かりがこぼれている廊下の奥に声を掛けた。

土間を上がった先に、左右の部屋から明かりのこぼれる廊下が奥へと延びている。

「はい」

女の声がしたのは、奥の部屋からではなく、土間の右手の方からだった。

右手の板戸が開いて、迫《せ》り出した腹を片手で押さえるようにした女が、竈《かまど》の煙とともに現れて、上がり口に立った。

「庄次さんが一番乗りだわ」

女は笑みを浮かべると、戸口の外に立っているお勝に眼を移した。

「この人は、おれの姉さんのような人で、えらく世話になってるお人なんだよ。

今夜の寄合《よりあい》に立ち会いたいと言うんで連れてきたんだが、いいかい」

「お身内のような方がいてくれるならありがたいことですよ」

　女は庄次にそう言うと、

「喜代です」

　愛想《あいそ》のいい顔をお勝に向けて、そう名乗った。

「今、湯を沸《わ》かし終えたところで、これから仕出《しだ》し屋《や》から届いた煮物や焼き物なんかを縁側の部屋に運ぼうかと思ってたところだったの。いつもは通いの下女がいてくれるんだけど、巣鴨《すがも》の親戚で不幸があったらしくて」

「そんなことはわたしがしますから、お喜代さんはどこかで休んでてくださいよ」

　お勝が言うと、

「でも、お酒の支度もあるし、器を並べなきゃいけないし」

　あれこれと段取りを口にする。

「それぐらいはわたしが動きますから、気にしないで座っておいでなさい」

「姉さんもそう言うんだし、お喜代さんは、向こうの部屋でみんなを待ちなよ」

　庄次が口を出すと、喜代はやっと頷いた。

「姉さん、とにかく上がっておくれよ」

そう言うと、庄次が先に土間を上がり、お勝が続いた。

「この部屋が、小唄や三味線の指南所だ」

土間を上がってすぐの、左手の障子戸をお勝に指し示すと、庄次は喜代に続いて廊下を奥へと進み、左側の部屋の障子を開けて、

「寄合は、ここで」

八畳ほどの広さのある部屋を見せた。

壁際に長火鉢《ながひばち》が置かれ、一枚だけ開いた奥の障子の外には縁と坪庭《つぼにわ》があった。

「台所はこっちです」

喜代が、八畳間の向かい側の障子を開けて、板の間から土間に下りられる台所を見せてくれた。

「なんだか、使い勝手のいい台所ですねぇ」

煙の漂う台所を見回したお勝は、正直な思いを口にした。

「お姉さんにそう言っていただけると嬉しいわ」

喜代の声は、娘のように明るく弾《はじ》けた。

喜代の様子には、どこか浮世離《うきよばな》れしたようなあどけなさがあるのを、お勝は感じ取っていた。

三

喜代の家の八畳の部屋に、酒肴《しゆこう》の載った三つの高足膳《たかあしぜん》が並び、その周りに、喜代とお勝、それに喜代を囲っている庄次をはじめ、四人の男たちが座っている。

酒肴の膳を並べ終えた直後にやってきた三人の男たちに、喜代は、庄次とその姉代わりだと言ってお勝を引き合わせ、続いて、後から来た男たちの名を順番に口にした。

一人目は、町火消し八番組、『た』組の梯子持《はしごも》ちの平三《へいぞう》という、二十八になる背の高い、色黒の男である。

八番組、『た』組は、本郷《ほんごう》一丁目から六丁目、金助町《きんすけちよう》、本郷の菊坂台町《きくざかだいまち》辺りを受け持つ町火消しだった。

二人目は、寄合《よりあい》旗本の中間《ちゆうげん》だという、年の頃三十くらいの、もみあげの濃い、万吉《まんきち》という小柄な男だった。

三人目は、『錺《かざり》』の文字入りの半纏《はんてん》を着た、八助《はちすけ》という三十をいくつか超えた錺職人《かざりしよくにん》だった。仕事場が家の中というだけあって、顔は色白で、幾分猫背でもあった。

「今夜はもう一人来てくれることになってますが、六つ半（午後七時頃）になりましたので、皆さんどうか、膳の物を召し上がってくださいまし」

喜代がそう言うと、男どもは「遠慮なく」などと声を上げて、酒や肴に手を伸ばした。

「お喜代さん、もう一人っていうのは、この春、ここに来る日を間違えて、おれと鉢合《はちあ》わせして鬘《かつら》を落とした坊さんじゃねぇのかい」

二、三度、盃を口に運んだ火消しの平三が口を開くと、

「どうしてお坊さんだと知ってるんです？」

喜代が、驚いたような声を上げた。

「先月、菊坂台町で小火《ぼや》騒ぎがあったんだが、近隣の町火消しが駆けつけて大事には至らなかったよ。そんとき、本泉院《ほんせんいん》という寺から慌てふためいて飛び出してきた四十くらいの坊主が、ここで出くわしたことのある、坊さんだとわかったんだ」

「本泉院で見たのなら、きっと、宗玄《そうげん》さんだわ」

喜代は頷いた。

「だとしたらお喜代さん、その坊さんはここには来られないと思うがね」

盃の酒を飲み干した平三がそう言うと、小さく首を傾げた。

「来られないというと？」

惚《ほう》けたような顔で喜代が呟くと、

「昨日、鳶《とび》の仕事で本郷界隈《かいわい》を見回ったから、本泉院にも立ち寄って、その宗玄さんに挨拶《あいさつ》しようと思ったんだがね」

そう切り出した平三は、宗玄という坊主は、本郷の寺にはいなかったと続けた。

住職の話によれば、宗玄から十日前、突然、江戸から離れた寺で修行をしたいとの申し入れがあり、その受け入れ先を探したところ、武州熊谷《ぶしゅうくまがや》にある本泉院の支院《しいん》から受け入れるとの知らせが来て、一昨日《おととい》、慌ただしく本郷を離れたということだった。

「その坊主は、逃げやがったな」

こんにゃくの煮付けを口に放り込んだ万吉が、低い声でそう言った。

「そうか。お喜代さんの腹の子のことで話し合いをしようと決めたのが、たしか十日ばかり前でしたよ」

錺職の八助の声音《こわね》には、非難じみた響きがあった。

おそらく、口を歪《ゆが》めて「逃げやがった」と、低い声を出した万吉の予想通りだろうと、お勝も感じている。

僧職にある者が女を囲っていたと公《おおやけ》になれば、〈女犯《にょぼん》の罪〉で、最悪の場合、遠島《えんとう》という罰が課せられる。宗玄とすれば、それは避けたかったのだろう。

「それじゃ、お喜代さんの腹の子のことは、今日集まった四人で話し合うしかないね」

庄次の申し出に、他の三人は、頷いて賛同を示した。

「話し合うも何も、当のお喜代さんが、誰の子かわからねぇと言うんだから、ともに囲ってるこの四人で面倒見るしかねぇんじゃねぇか」

「面倒というと」

万吉が、平三に尋ねると、

「今まで月に一分だったが、一人分の穴埋めをしなきゃならねぇから、一朱は上乗せしなくちゃなるめぇ」

平三はきっぱりと言い切った。

「一言いわせていただきますが」

お勝がやんわりと口を挟み、

「月々のお金のこともありますけれども、産後の肥立《ひだ》ちが悪いと、お喜代さんの床上《とこあ》げが長引くし、一人は傍にいて、乳飲み子の面倒も見なくちゃいけなくなりますので、そのことも配慮してあげませんとね」

一同をゆっくりと見回した。

「父親が誰かわかれば、そいつがつきっきりで世話できるんだがね」

八助がため息交《ま》じりでそう言うと、

「産めば、この子の父親はわかると思いますけどねぇ」

喜代が、のんびりとした物言いをして、迫り出した腹を両手で撫《な》でた。

「父親がわかるってのは、どういうことだい。顔つきでってことかい」

「わたしが芸者だった時分、近所に住んでた独り者の女の人が身籠もったんですよ」

喜代は、畳《たた》みかけるように問いかけた平三にゆっくりとかぶりを振った。

そして、その女は何人もの男と懇《ねんご》ろになっていたので、腹の子の父親は判然とせず、近所は騒ぎになったのだと話を続けた。

「子を産めば、その子の父親はわかる」

騒ぎを聞きつけた近所に住む産婆《さんば》が、身籠もった女にそう教えたという。

子が生まれれば、胞衣《えな》が後産《あとざん》となって母体から出る。その子を包んでいた胞衣には、血の痕《あと》か何かによって、父親の家紋が浮かび上がるということだった。

「お勝さん、そんなことあるのかい」

「いや。わたしは聞いたことないよ」

庄次から恐る恐る問いかけられたお勝は、首を左右に振った。

「で、その近所の女の胞衣には、誰かの家紋がついてたのかね」

万吉が真剣な面持ちで口を開くと、他の男たちが一斉に喜代に眼を向けた。

「ううん。産んだ後に見た胞衣についていた血の痕は、形がわからないくらいに散っていたから、結局、誰が父親かはわからずじまいだったけれど、その女の人と関わりのある男たちは、生まれた男の子を〈紋散《もんち》らしの子だ〉と言って、入れ代わり立ち代わりやってきては、その子が十《とお》になるまで面倒を見たって話は後で聞きましたよ」

喜代が話し終えると、男たちは小さく唸ったり吐息を洩らしたり、胸の前で両腕を組んだりした。

「万吉さんの家紋はなんです」

平三がいきなり口を開いた。

「おれはたしか、三《み》つ巴《どもえ》だが。お前さんは」

「うちの紋は、なんか、わけのわからねぇ込み入った形をしてたが、うちの菩提《ぼだい》寺《じ》に行けば、案外わかるかもしれねぇ」

平三は眉間《みけん》に皺《しわ》を寄せながら答えた。

「うちには、家紋なんてなかったなぁ。親父が、祝儀や法事のときに着る羽織《はおり》の紋は、着るたんびに形が違ってたしな」

八助が首を捻《ひね》ると、

「それは、紋付《もんつき》が入り用なときだけ、どこかから借りておいでだったからですよ、きっと」

お勝が言うと、

「あぁ、そうかもしれねぇ。そんなもんを貸してくれる質屋があるって言ってたような覚えがある」

そう言って、八助は大きく頷いた。

「うちの姉さんは質屋勤めなもんで、その辺りのことは詳しいんだ」

庄次の発言に、一同から「なるほど」などと、得心のいった声が出た。

「ところで、庄次さんの家の紋はなんです」

「家に戻って、柳行李《やなぎごうり》ん中に何かないか、探してみます」

庄次が問いかけた万吉に答えると、

「わたしも、長屋に戻って探すことにしますんで」

八助も、一同にそう宣言した。

「お喜代さん」

戸口の外から、年の行った男の声がした。

「はぁい」

「お喜代さんは大事な体なんですから、急いで動いちゃいけません」

立ち上がろうとした喜代を制して、お勝は八畳間を出て、出入り口へと足を向けた。

「どちら様で」

土間近くに立って戸口の外に応えると、外から戸が開けられて、白髪《しらが》の交じった五十ばかりの男が顔を覗《のぞ》かせた。

「あら、大家さんじゃないですか」

お勝の隣にやってきた喜代が、親しげな声を上げた。

「いやね、以前、お喜代さんが身籠もったことを、地主である『大前屋《おおまえや》』のおかみさんに話してたんだよ。そしたら、気にかけてくだすってね」

そう言いながら戸を開き、外に立っていた、年の頃三十三、四の商家の女房風の女を先に通すと、大家はその後に続いて土間に入り込んだ。

「こちらは」

大家がお勝を見て喜代に問いかけた。

「今夜お集まりの方の、姉さん代わりのお人でして」

「勝と申しまして、根津権現門前町の質舗『岩木屋』で番頭を務《つと》める者でございます」

お勝は、大家に答えた喜代に続いて、自ら名乗った。

「わたしは、日本橋の漬物問屋《つけものどんや》『大前屋』の内儀《ないぎ》、磯路《いそじ》と申します」

商家の女房風の女が、丁寧《ていねい》な物言いをした。

「あぁ、『大前屋』のおかみさんで」

喜代は、迫り出した腹のことを忘れたかのように、腰を折ろうとしたがやめ、こくりと首だけ上下させた。

「いえね、あなたのことは大家の仙兵衛《せんべえ》さんから聞いておりまして。そのあなたが、子を産んだ後のことを、今夜話し合われるとも聞いていたもんですから、それがどんな具合になったのかと、ついお訪ねしてしまいました」

磯路は、言葉を選びながら、わけを述べた。

「お喜代さん、そのことは、わたしの口からお話ししましょうかね」

「お願いします」

同意を得たお勝は、喜代の家に出入りしていた五人の男のうち、一人が江戸を去ったことは磯路に知らせたものの、胞衣《えな》に残されるという家紋の件には一切触れず、

「お喜代さんに子が生まれたら、残った四人で面倒を見ると話はまとまったところです」

先刻、衆議《しゅうぎ》が決したと申し述べた。

「四人の男の中には、わたしの弟分もおりますし、お喜代さん母子が困ることのないよう眼を光らせますので、どうかご安心を」

お勝がさらに続けると、磯路は大きくゆっくりと頷いた。

天神社地門前町を後にしたお勝と庄次は、夜の帳《とばり》の下りた道を『ごんげん長屋』へ向かっている。

「店子《たなこ》の出産を大家さんが気にかけるのはわかるけど、地主さんがあれほど心配

するなんて、大したもんだねぇ」

お勝が、『大前屋』の磯路のことを口にすると、

「あのおかみさんは、『大前屋』の一人娘だったそうですよ」

庄次は話に乗ってきた。

六年前に婿養子《むこようし》を取った途端、父親である先代がぽっくりと逝《い》ったが、磯路は母親に成り代わって店を預かると商才を発揮したらしく、『大前屋』を傾《かたむ》けさせることはなく、むしろ盛り上げたという。

「婿というのは人当たりのよさそうな男だと聞いてるが、もっぱら『大前屋』を切り盛りしてるのは、さっき顔を出したおかみだってことらしいね」

「大家の仙兵衛さんは、磯路さんのことを地主と言ってたが、お喜代さんのあの家は、『大前屋』の家作《かさく》ってことなんだね」

「とんでもねぇ。『大前屋』の家作はあの一軒だけじゃねぇんですよ」

庄次は、大仰《おおぎょう》な物言いをした。

喜代の住む平屋の一軒家の周りには、同じような普請《ふしん》の平屋の建つ敷地が五面あって、大家の仙兵衛の他に、隠居した老夫婦、絵師や茶人、武家の囲われ女が暮らしているのだと言うと、庄次は大きく頷いた。

近所の者は、六軒の家が建つ、横十四間《けん》（約二十五・二メートル）、縦《たて》二十四間（約四十三・二メートル）もある『大前屋』の土地にある家々を、羨望《せんぼう》を交《まじ》えて『大前店』と呼んでいるという。

「だけど庄次さん、胞衣に家紋が浮かび上がるかどうかはわからないけど、ともかく、お前さんの紋所は決めておかないとね」

「あれはどうかね。この前、白猪に跨がって夜空を飛んだ武者の袖についてた、源氏車ってやつ」

「うまくそんな紋所が現れるかどうか」

「だから、現れないためにさぁ。丸にふたつ引きとか丸いだけの竹輪《たけわ》の紋だと、簡単に出来てしまう形だが、源氏車となると、込み入った模様だし、めったに出てくるもんじゃねぇ」

どうだと言わんばかりに笑みを浮かべた庄次に眼を遣ったお勝は、

「お前さん、お喜代さん母子の面倒は見たくないと、そういう料簡《りようけん》なんだね」

冷ややかに凄《すご》んでみせた。

すると庄次は、「いやいやいや」と慌てて両手を左右に打ち振った。

六月一日の富士の山開きが終わった二日後、半刻（約一時間）ばかり小雨が降った。

それもほんの少しのお湿りで、それから二日が経った五日には地面はすっかり乾《かわ》いて、道を急ぐお勝の足元では砂埃《すなぼこり》が舞い上がっている。

向かっているのは、天神社地門前町の喜代の家である。

一刻（約二時間）前、四十過ぎの見知らぬ女が『岩木屋』のお勝を訪ねてきた。

「お喜代さんが、産気づきました」

そのことを知らせに来た女は、『大前店』の大家、仙兵衛に言いつかった、喜代の家に通う下女だった。

喜代を囲っている男たちには、仙兵衛が使いを向かわせたと言い、下女は湯島へと取って返した。

すぐに仕事を放り出すわけにはいかず、帳場が一段落した八つ（午後二時頃）になった時分に、お勝は『岩木屋』を後にしたのである。

六軒の平屋が建ち並ぶ、いわゆる『大前店』の一角を曲がったお勝が、ふと足を止めた。

喜代の家の表に、立ち話をしている二人の男がいた。

「こりゃお勝さん。お喜代さんは、男児を産みましたよ」

男の一人は大家の仙兵衛で、ほっとしたような面持ちでお勝に声を掛けた。

「無事ですか」

「えぇ。母子ともに、元気ですよ。産婆さんから、後の始末がいろいろあるから
しばらく外で待っていろと言われてまして」

仙兵衛はそう返答すると、傍《かたわ》らにいた三十ばかりのお店者《たなもの》らしき男を指して、

「こちらは、『大前屋』の旦那の信二郎《しんじろう》さんでして」

と言って、お勝に引き合わせた。

「それじゃ、おかみの磯路さんの」

お勝が言いかけると、

「亭主です」

色白の信二郎は、しなやかな動きを見せて頭を下げた。

そのとき、急ぎやってきた足音が止まり、

「親方のとこに戻ったら、産気づいたって知らせが来たとかなんとか」

庄次が、お勝の隣で肩を上下させた。

ほどなく、戸口の戸が中から開いて、

「産婆さんが、入ってもいいと言ってますよ」

顔を突き出した喜代の家の下女が、囁くような声を出した。

「それじゃわたしはお店に戻って、このことを磯路に知らせますので」

信二郎はそう言うと、軽く腰を折って、表通りの方へ足を向けた。

生まれたばかりの男児を横にした喜代は、六畳の部屋で寝ていた。

家に入ってすぐの土間の左手にある、普段は三味線や小唄の指南をする稽古場《けいこば》として使っている部屋である。部屋の片隅には書物を載せる見台《けんだい》もあり、袋の掛けられた三味線が三棹《さお》、立て掛けられている。

お勝、庄次、それに仙兵衛と産婆が母子の周りに膝を揃えていた。

男児は眠っており、喜代は疲れているのか、まともに口を利くこともできず、眼を開けても、すぐにとろとろと瞼《まぶた》を閉じるということを繰り返していた。

喜代を囲っていた万吉、平三、八助にも使いを出して出産を知らせようとしたが、いずれも本人は家にいなかったと、仙兵衛は先刻、口にしていた。

「産婆さん、お喜代さんの胞衣《えな》に、何か、家紋のような模様があったかね」

恐る恐る口を開いたのは、庄次である。

「それは、なんだね」

仙兵衛が尋ねると、

「いや、なんか、鶴亀《つるかめ》の模様が見えたら長寿だって噂を聞いてたもんだから」

庄次は誤魔化《ごまか》した。

「あいにく、鶴亀も松竹梅《しょうちくばい》も見えなかった」

産婆はあっさりと言い切った。

お勝の隣に座っている庄次が天を仰ぎ、「はぁ」と、長い息を吐き出した。

おそらく庄次は、大いに安堵《あんど》したのだろう。

だが、安堵するにはまだ早い。

胞衣に家紋が浮かび上がらなかったということは、誰の子かわからないということであり、庄次の子種だということでもある。

「産婆さん、お喜代さんがいつ頃身籠もったかというのは、わかるもんですかねえ」

お勝は穏やかに問いかけた。

子が母親の胎内《たいない》にいる十月十日《とつきとおか》というのが、二百八十日間ということは知っている。

しかし、この時期に生まれた子の種が、いつ頃母親の胎内に収まったのか、遡《さかのぼ》って勘定するのは難儀なことである。

「去年の秋から、こちらさんの体を診《み》ていたからわかりますが、身籠もったのは去年の七月で間違いないでしょう」

産婆はそう言い切ると、

「あんたも、囲っていたうちの一人なら、覚えがあるんじゃないのかね」

庄次に鋭い眼を向けた。

「いやぁ、去年のことだしなぁ」

庄次は軽く唸りながら、何度も首を傾げるばかりだ。

「お茂《しげ》さんを、ちょっと」

ぼんやりと眼を開けた喜代が、小さな声を出した。

すると土間の側の障子を開けた産婆が、

「お茂さん、お喜代さんがお呼びだよ」

「はぁい」

下女が呼ぶ声に返答すると、足早にやってきて、部屋の外から顔を突き入れた。

「その茶箪笥《ちゃだんす》の下の引き出しから、去年の記録を出しておくれ」

喜代は、側面に三味線が立て掛けられている茶簞笥を指し示す。

部屋に入り込んだ下女のお茂は、茶簞笥の引き出しを開ける。

「文政元年（一八一八）の、夏と秋の綴《と》じ込みを」

喜代の指示で、一冊の綴じ込みを出して、寝床の喜代に手渡した。

「皆さんからいただくお金を、いつ受け取ったか、毎月書いてるんです」

喜代はそう言うと綴じ込みを開き、誰がいつ来ることになっているかという、あらかじめ決められた日にちと、実際に来た日にちが書き記してあるのだと打ち明けた。

「あ。去年の七月は、庄次さんも万吉さんも、一度もおいでじゃありませんね」

お喜代が、綴じ込みを見て呟いた。

「え」

不思議そうな声を発したのは、庄次である。

「あぁ。万吉さんの名の下に、わたし『えちご』って書いてます」

喜代が、開かれた綴じ込みの一点を、お勝に指でさし示した。

そこには、『七月』と書かれ、続いて『まんきち』と記された下方に『えちご』と認《したた》められていた。

「そういえば、万吉さんが中間を務めるお旗本家のご親戚に、越後《えちご》のお大名がいるって話を聞いたことがあります」

「でもお喜代さん、旗本の中間が参勤《さんきん》の明けたお大名について国元まで行くなんてことがあるのかねぇ」

首を捻った仙兵衛に、

「そういうことは、ないわけじゃありませんよ」

お勝が口を挟んだ。

参勤のときの大名行列の供揃《ともぞろ》えの陣容《じんよう》は、家格によって厳密に決められていることを、お勝は、旗本家に奉公していた時分、耳にしたことがある。

だが、財政の厳しい藩などは、他藩や親戚筋から人員を借りて間に合わせることがあった。

おそらく万吉は、旗本家の指示で、大名の行列に加えられたものと思われる。

「万吉さんはそうかもしれないが、おれはどうして、去年の七月、一度もここに来てねぇんだい」

庄次が呟くと、

「ときどき、左官の仕事で目黒《めぐろ》とか千住《せんじゅ》とかに行くことがあったじゃありませんか」


布団に寝ていた喜代が、庄次に向かって微笑《ほほえ》んだ。

「けど、ひと月もいなくなるってこたぁ――」

首を捻って独り言を口にすると、

「親方の家が明神下《みょうじんした》だから、今から行って聞いてくるっ」

すっくと立ち上がって、庄次は部屋を飛び出していった。

四

天神社地門前町は、灯《ひ》ともし頃《ごろ》であった。

喜代が男児を産んだ昨日に続いて、お勝は今日も『大前店』へと足を向けていた。

昨日、去年の七月前後の仕事の状況を聞きに明神下の親方の家に走っていった庄次は、四半刻後に戻ってくると、

「馬鹿野郎。てめぇは、たった一年前の仕事を忘れやがったのか」

親方から、大目玉を食ったと打ち明けて、

「去年の七月いっぱいと、八月の三日と四日は川越の呉服屋の土蔵の修繕のため

に、兄弟弟子三人と長逗留《ながとうりゅう》していたってことを、やっと思い出しました」

庄次は殊勝《しゅしょう》な声を出したのだ。

その結果を聞いた仙兵衛は、

「明日の朝一番で、平三さんと八助さんにも知らせて、囲っていた皆さんにもう一度集まってもらうことにしますよ」

そう述べていた。

ところが、今日の昼前に『岩木屋』に現れた仙兵衛は、

「平三と八助は、行き先も知らせずに住まいを変え、行方をくらませたようです」

お勝を土間の隅に呼んで嘆《なげ》き、

「あいつら、子の面倒を見る気がなく、逃げたに違いありませんっ」

と、怒りを露《あら》わにしたのだ。

「今夜、庄次さんにも湯島に来てもらって、お喜代さんと話し合いをしてみますよ」

お勝の方針を聞くと、仙兵衛は『岩木屋』を引き揚《あ》げていったのである。

『大前店』の角を曲がったとき、喜代の家の方からやってきた人影とぶつかりそうになって、お勝は慌てて避けた。

「すまない」

身なりのきちんとしたお店の旦那風の男は、顔を隠すようにして詫《わ》びを言うと、急ぎ歩き去った。

その身のこなしから、昨日、仙兵衛から引き合わされた『大前屋』の信二郎のような気がしたが、確信はない。

「お邪魔しますよ」

喜代の家の戸を開けて土間に足を踏み入れると、

「稽古場だよ」

土間の近くの部屋から庄次の声がした。

お勝が部屋に入ると、乳飲み子の眠る小さな布団の横に並べた布団に膝を揃えた喜代が、匙《さじ》に掬《すく》った粥《かゆ》を啜《すす》っていた。

その近くに胡坐をかいた庄次は、赤飯と焼き魚や煮物の折詰《おりづめ》を食べている。

「『大前屋』から届けられたって、夕方、仙兵衛さんが持ってきてくれたそうだよ」

そう言うと、庄次は焼き魚を口に入れた。

「下女のお茂さんは持って帰ったし、折詰がまだひとつ残ってますから、お勝さんよかったら」

喜代に勧められたが、子供たちと夕餉を摂ってきたお勝は、遠慮した。

「仙兵衛さんは、どうも頭が痛いから、今夜は行けないと言ってきたし、万吉さんは、殿様のお供で品川泊まりだそうで、後のことは、お喜代さん母子が立ちゆくように、お勝さんに一任するという言付けがあったそうだよ」

庄次がそう言うと、喜代は黙って頷いた。

「ごちそうさん」

庄次が箸《はし》を置くと、粥などを大方食べ尽くした喜代も匙を置いた。

庄次は空いた器などを甲斐甲斐《かいがい》しく盆に載せると、部屋の外に置いた。

「蚊やりを焚《た》いたのかい」

お勝が口を開くと、

「赤子が蚊に刺されるとなんだからさ」

庄次は、照れたように笑った。

すると、

「宗玄さんは江戸からいなくなって、そのうえ、八助さんや平三さんまで行方知れずじゃ、残った庄次さんと万吉さん二人に余計な荷物を背負わせることになるし、ねぇ庄次さん、この子に知恵がつく前の今のうちに、どこかに捨ててしまおうと思うんだ」

喜代が、抑揚《よくよう》のない声で呟いた。

「なに馬鹿なことを言うんだい！」

お勝が声を荒らげた。

「だってね、乳飲み子を抱えてちゃ、小唄や三味線の弟子は取れないし、暮らしも立ちません。それじゃあ、この子が可哀相《かわいそう》じゃありませんか。それよりは、日本橋室町辺りの大店《おおだな》の庇《ひさし》の下に置いて、拾い上げてもらった方がいいんですよ」

喜代が言い返すと、

「待てよ」

庄次が、喜代の言い分に口を挟み、

「おれと所帯を持って、この子を育てようじゃねぇか。お前さんを囲っていた五人のうち、三人は離れ、残った万吉さんも武家屋敷の奉公人だから、気ままには動けねぇ。とすりゃ、何かと融通《ゆうずう》が利くのはおれだけなんだ」

と、一気に思いを吐き出した。

お勝は言葉もなく、ただ、小さなため息をついた。

「庄次さん、無理をしなさんな」

赤子に眼を落としていた喜代が、囁くような声を出した。

「いや、おれは何も」

庄次がむきになると、

「先々、悔《く》やまないともかぎらないからさ」

喜代は庄次を見て、宥《なだ》めるように笑みを浮かべる。

「おれが何を悔やむって言うんだよ。気のいいお前さんだから、こうして何年も続いたんじゃないかい。おれ一人で囲いたかったが、そんな稼ぎはねぇから、仕方なく安囲いするしか」

「その気持ちはありがたいよ。だけどね、そんなお前さんを、わたしは欺《あざむ》いてたんだよ」

喜代はそう言うと、膝の上に置いた両手に眼を落とし、

「去年の梅見の頃に、とうの昔に切れていた男と、天神様の境内《けいだい》でばったり会ってしまったんだよ」

抑揚のない声を洩らした。

それは、五年ぶりの再会だったという。

女房持ちになっていた男とは、その後二、三度、不忍池で落ち合って、上野東

叡山を歩いたり茶店で甘い物を食べたりしていたのだが、去年の夏の終わり頃、
「わたしは、未練たらしく、その人と不忍池の出合茶屋《であいぢゃや》に入ったんです」
顔を上げて打ち明けた喜代の眼から涙がこぼれた。
「その人は、わたしが身籠もったと知ると、すっぱりと来なくなりましたけど、庄次さんたちを欺いていたのは間違いのないことなんですよ。それに、その人と
肌を合わせていた時期を考えると、この子はあの人の子かもしれないというのに、
庄次さん一人に甘えられるわけないじゃありませんか」
言い終わると、喜代は両手で顔を覆《おお》い、低くしゃくり上げて、肩を震わせた。
誰の子かもわからない不安と、囲っていた男たちを裏切っていた悔いを胸に抱
えていた喜代は、それを口にして、ぴんと張り詰めていた糸が、ぷつりと切れて
しまったのかもしれない。
「お喜代さんの床上げが済んだら、この子のことを気にかけてる大家の仙兵衛さ
んも交えて、話し合いをしようじゃないか」
お勝がそう持ちかけると、庄次と喜代も頷いた。
「だけどお喜代さん、昔の男とのことは、ここだけの話におしよ」
労《いたわ》るように話しかけたお勝を見て、喜代はそっと下唇《したくちびる》を嚙《か》み、小さくコクリ

と頷いた。

日が沈んで四半刻ばかりが過ぎた『ごんげん長屋』は、夕焼けの色に包まれている。

お勝の家では、親子四人が夕餉の膳に着いて箸を動かしていた。

戸口の障子に映《うつ》る夕焼けが家の中に広がっていて、行灯《あんどん》は無用である。

お勝が天神社地門前町の喜代の家に行った夜から、三日が経っていた。

「お帰り」

井戸端の方から、火消しの女房のお富の声が響き、

「今日は早いね」

藤七の声もした。

「お勝さんは帰ってるのかね」

そう尋ねたのは庄次だった。

「お琴ちゃんの手際がいいから、とっくに夕餉を摂ってるはずだよ」

お啓の声がすると、

「褒《ほ》められてしまった」

呟いたお琴が、向かい側の箱膳《はこぜん》に着いている幸助とお妙と顔を見合わせて、ふふと笑い声を洩らした。

「庄次ですが」

「お入りよ」

お勝が返答すると、カラリと戸が開いて、道具袋を提《さ》げた庄次が土間に入ってきた。

「何ごと」

妙ににこやかな庄次の顔つきを見て、お勝はふっと、眉《まゆ》をひそめた。

「飯を食いながら聞いてもらいてぇんだが、今日の昼間、『大前店』の仙兵衛さんから親方のところに使いが来て、帰りしなにお喜代さんの家に来てもらいたいってことだったから、寄ってきたよ」

「ん」

お勝の口からは、声というより喉を締めつけるような音が洩れた。

「するとね、おれの、いや、お喜代さんの子を養子に貰《もら》いたいというお人がいるって言うんだよ」

言い終えると、庄次は大きく頷く。

「えっ、庄次さんは子持ちなんですか」

お琴が声を上げると、

「どこにいるの？」

「うん、いや、向こうに」

庄次はお妙の問いかけに慌てふためき、東の方を指さすとすぐに、「違う」と叫んで北を指す。

「それで、どっちなのさ」

幸助が口を挟むと、「南」と口にして、井戸の方を指した。

「男か女かって、聞いたんだけど」

「あ、男」

庄次は、幸助の問いかけに返答すると、はぁと大きく息を継《つ》いだ。

「長屋に連れてきてほしいな」

お妙からそんな要望が飛び出すと、

「うん。いや、おれの一存じゃなんともなぁ」

「生まれたのは、庄次さんの知り合いの人の赤ん坊なんだよ」

お勝はそう言って、たじたじになっていた庄次に助け船を出した。

「それで、養子に貰いたいと言ってるのは、どこの誰なんだい」

「仙兵衛さんによれば、お喜代さんの家に見舞いがてら来た、漬物問屋『大前屋』のおかみさんからの話だって言うんだけどね」

庄次が言ったことは、お勝には得心のいくことだった。

喜代が産んだ男児の件で話し合いを持とうとしたものの、一人抜け二人抜けしたあげくに、庄次と万吉は父親ではない公算が大となったことを、お勝は先夜《せんや》、仙兵衛には伝えていた。

その際に、父親ではない庄次や万吉に頼ることはできないという喜代が、『子を捨てる』とまで思いつめたのだということも言い添えたのだ。

そのことを、仙兵衛は地主である磯路に伝えたのかもしれない。

「『大前屋』のおかみさんが、子供のいない知り合いの若夫婦のために、養子を世話したいらしいんだがどうだと仙兵衛さんに聞かれたから、おれは、お喜代さん次第だと返答したよ」

「それで」

「『大前屋』のおかみさんの口利《くちき》きなら間違いないし、この子にとっても、幸せなことだろうと、お喜代さんは泣いて喜んだよ」

最後の言葉を口にした途端、庄次は唇を噛んで顔を俯《うつむ》けた。

「よかったじゃないか」

お勝がそう声を掛けると、

「それじゃ」

小さく返答して、庄次は路地へと出ていった。

五

日吉山王権現《ひよしさんのうごんげん》の祭礼を二日後に控えて、日本橋界隈を行き来する人の様子が浮き立っているように感じられる。

卯年《うどし》の今年は陰祭《かげまつ》りに当たるが、二年に一度の本祭《ほんまつ》りの十五日の祭礼には、四十台を超える山車が市中を練り歩き、神田明神《かんだみょうじん》の祭礼と並んで、江戸の二大祭りと称されていた。

日本橋瀬戸物町《せとものちょう》の茶碗屋を出たお勝は、中天《ちゅうてん》近くからの日射《ひざ》しを避けようと、頭に手拭いを覆い、連れ立って出た修繕係の要助は、菅笠《すげがさ》を被っている。

「わたしも笠を被ってくればよかったよ」

お勝が苦笑いを浮かべると、

「番頭さん、わたしの菅笠を被りませんか」

要助は気を利かせてくれたが、それは遠慮した。

瀬戸物町から北へ向かう道を進んだお勝と要助は、伊勢町堀《いせちょうぼり》に架《か》かる雲母橋《きらずばし》を渡り、本町《ほんちょう》三丁目と四丁目の四《よ》つ辻《つじ》に差しかかっていた。

そこで、お勝がふと足を止めた。

「何か」

要助に問いかけられたお勝の眼は、四つ辻の北側の角地に建つ家に掲げられた漬物問屋『大前屋』の看板に向けられている。

だがすぐに、お勝の眼は、四つ辻の先からやってきた磯路と信二郎を捉《とら》えた。

二人は『大前屋』の角を曲がって、長暖簾《ながのれん》の下りた出入り口へ向かったが、お勝のいる方に眼を向けた磯路が足を止めた。

手拭いを取ってお勝が会釈《えしゃく》をすると、磯路に何ごとか耳打ちされた信二郎は、一人、店の中に入っていった。

すると、磯路がゆっくりとお勝の方へやってきた。

「こちらへは？」

にこやかな笑みを向けた。

「えぇ。瀬戸物町の茶碗屋に、欠けた皿の金継《きんつ》ぎをお願いに来た帰りでして」

正直に返答したお勝は、ふと、

「おかみさんは、今、お忙しいでしょうね」

恐縮した面持ちで尋ねた。

「何か」

「近くに来たついでと言うとなんですが、おかみさんに、少し伺《うかが》いたいことがあったものですから」

お勝は、軽く腰を曲げた。

「わかりました。店の者に出掛けると言ってきますから、この先の雲母橋の袂で待っていてください」

磯路はそう言うと、四つ辻の角の『大前屋』へと足を向けた。

「話のついでに、漬物を買って帰るから先に帰っておくれ」

お勝は、磯路が『大前屋』に向かうとすぐ、要助を『岩木屋』へ帰らせていた。

指示された通り雲母橋の袂で待っていると、ほどなくして磯路が戻ってきた。

「静かなところがありますから」

そう言う磯路に案内されて入ったのは、雲母橋からほど近い伊勢町河岸《いせちょうがし》にある菓子舗《かしほ》の小部屋だった。

お勝と磯路が通された小部屋の庭に、手入れの行き届いた前栽《せんざい》が望めた。

庭には日が射し込んでいるが、堀を抜ける風が通るのか、日陰になっている部屋は、案外涼やかである。

茶菓《さか》を運んできた老女に孫の様子を尋ねていたから、磯路が懇意《こんい》にしている菓子舗なのだろう。

「『大前店』のお喜代さんのことでは、大家の仙兵衛さんにも、何かとご配慮をくださり、ありがたいことでございます」

老女が部屋を出るとすぐ、お勝が口を開き、

「『大前屋』というお店を切り盛りなさり、数ある家作を抱えておいでのおかみさんが、湯島のあの、お喜代さんにあれほど親身になっておられるのはどういうわけだろうと、ちょいと気になっていたものですから」

砕《くだ》けた口調で口を利いた。

すると、磯路がゆっくりと首を折り、顔を俯けたまま、軽く口を尖らせ、静かにふうと息を吐いた。

「いえ、わたしは何も、詮索するつもりじゃあありませんから」

お勝は慌てて言うと、右手を左右に打ち振った。

「お勝さん、わたしね、とっても嫌な女なの」

顔を上げた磯路は、お勝を正視して、やや伝法《でんぽう》な物言いをした。

お勝が黙っていると、

「『大前屋』の一人娘だったから、婿を取らなきゃいけないってことは、七つの帯解《おびとき》の時分から覚悟はしてたんですよ、朧気《おぼろげ》にだけど。だけど、娘盛りになると、婿なら誰でもいいってわけにはいかないでしょ。自分の好みってものも出来てくるしね」

「はい」

お勝は、磯路の説に相槌《あいづち》を打った。
十八、九になると、親も親戚も入り婿探しに奔走《ほんそう》したのだが、磯路がことごとく難色を示したと告白した。
『大前屋』の婿選びは難航し、いつの間にか磯路は二十代半ばまで年を重ねていたという。

「わたしはその時分、婿にするなら、『森田座《もりたざ》』の坂東枡之助《ばんどうますのすけ》と決めていたんです。

大きな役はやれない大部屋の立役《たちやく》だったけど、その姿形を気に入っていたんですよ」

磯路がそんな胸中を打ち明けると、親の指示で番頭や町内の鳶の頭《かしら》が動いて、坂東枡之助の身辺を調べ回った。

その結果、枡之助は本所相生町《ほんじよあいおいちよう》の料理屋の次男坊であり、親の跡を継がなければならないというしがらみはないということがわかった。

『大前屋』の主である磯路の父親は、森田座の座元と昵懇《じつこん》だという、漬物の取り引きのある料理屋の主人を通して、

「坂東枡之助を婿養子に迎えたいが、その目はあるのかどうか」

と、森田座の座元に尋ねたところ、

「枡之助は、役者を続けるより婿入りの方が向いているだろう」

との返事だった。

しかし、その直後、枡之助には柳橋に『美智弥《みちや》』という馴染《なじ》みの芸者がいることが判明した。

「それを知ってわたしは、二人の仲を裂けばいいじゃないのなどと喚《わめ》いて、鬼になってしまったんですよ」

日の当たる菓子舗の坪庭に眼を向けた磯路は、抑揚のない、掠《かす》れた声を洩らした。

そんなとき、病弱だった磯路の父が病の床に臥《ふ》せった。

父親が生きている間に磯路に婿をと、ことを急《せ》いた『大前屋』の親戚や番頭は、枡之助の実家が抱えていた借財の肩代わりを申し出たのだ。

その役を仰《おお》せつかった番頭は、『娘の磯路が、婿養子に迎えたいのは坂東枡之助以外にいない』と、常々口にしていたことを伝え、枡之助と芸者の手切れを頼み込んだのだった。

「お勝さん、もうおわかりでしょう。わたしの婿になったのが、坂東枡之助こと、信二郎で、湯島の家のお喜代さんが、例の柳橋の芸者だった『美智弥』さんなんですよ」

磯路の話を聞いたお勝は、『そういうことか』と、腑《ふ》に落ちた。

だが、『大前屋』の番頭が手切れを頼み込んだ後、どういう経緯《いきさつ》を辿って、信二郎が婿入りを承知したのかも、喜代に何があったのかも、不明だった。

お勝のそんな不審に気づいたのか、

「その後、二人に何が起こったのか、その当時のわたしの耳には何も入ってきませんでした。それが、三年前、番頭さんが店を辞《や》めるとき、当時のことをポツリと洩らしてくれましてね」

磯路はそう言うと、膝に置いた手に眼を落とした。

両国に出した分店の経営に失敗し、本所の料理屋のやりくりにも四苦八苦していた信二郎の兄は、芸者の『美智弥』と切れるようにと要求した。

『芸者に金を注ぎ込むような身内がいては、貸す方は困る』

兄は、金主の名を伏せて説得したが、信二郎はどうしても首を縦に振らない。

番頭はついに、信二郎の親方である名代《なだい》の役者、森田《もりた》亀太夫《かめだゆう》に頼み込み、坂東枡之助を破門してくれるよう頭を下げた。

『人柄は悪くはないが、役者として大成するほどではない』

幕内で囁かれていた信二郎へのそんな評価を知っていた親方は、役者を廃業するよう説き伏せた。

「それが功《こう》を奏《そう》したのでしょう。信二郎さんは、それからしばらくして、芸者に手切れを伝えたと聞いておりました」

辞めていく番頭の口から、そう聞いたと、磯路はお勝に呟いた。

「お喜代さんが酒に酔って足を傷めたというのが六年前だそうですから、信二郎の別れ話がお喜代さんに大酒を飲ませ、そのうえ踊れなくしてしまって、芸者をやめなきゃならなくさせてしまったんですよ」

磯路は、己を責めていた。

「不思議なんですが、お喜代さんは、どうしてよりによって『大前屋』さんの家作の店子になったんでしょうね」

「それはなんとも――」

磯路は、まるで惚けたように顔を上げ、虚空《こくう》に小さく「ほう」と息を吐いた。

「お喜代さんが店子だと知ったのは、いつのことなんです」

「去年の冬でした。毎年、店子に配る正月用の餅《もち》は、町内の鳶に運んでもらってたんですけど、神田明神にお参りする気になって、わたしもついていったんですよ。そしたら、足を引きずって坂道を上ってきたお喜代さんを見て、わたしは身を隠しました。柳橋の芸者の時分の顔を、一度見てましたから、すぐわかりました。後で仙兵衛さんに聞いたら、六年ほど前、お喜代さんは通りがかりに『空き家』の貼り紙を見て来たということでした」

「そんなことが起こるんですねぇ」

お勝が呟くと、

「因果《いんが》は巡るってことですよ」

そう言い切ると、磯路は口の端を少し歪め、

「仙兵衛さんから聞きましたけど、うちの家作の様子なんか一度も見ようとしなかった信二郎が、この春から、何度か湯島に現れては仙兵衛さんの家に顔を出しているようですから、もしかしたら、二人は顔を合わせているのかもしれませんね」

眼の前の湯呑《ゆのみ》に手を伸ばし、口に運んだ。

「二人が顔を合わせ、どうなったかとか、逢瀬《おうせ》を重ねているのかどうかは知りませんし聞く気もありません。二人を裂いた後ろめたさは今も消えないし、二人の思いがもう一度燃え上がったなど、そんなことを知るのはやっぱり癪《しやく》ですもの」

「おかみさんは、もしかして、お喜代さんの腹の子の父親は、旦那さんじゃないかと思って、養子の口利きをなさいましたか」

お勝は、磯路の表情を窺《うかが》った。

坪庭に眼を向けて、小さく息を吐いた磯路が、ゆっくりとお勝を向くと、

「いいえ」

首を横に振る。

「信二郎との仲を引き裂いたのは、わたしの罪だもの。酒に溺れたお喜代さんが、足を怪我して芸者を続けられなくなったのも、安囲いに身を置く羽目になったのも、みんなわたしが——ですからね、この先、お喜代さんの暮らしに障りがないようにしてやりたい一心で」

そこまで一気に語った磯路は、大きく息を継いだ。

そして、喜代の子は、豊島郡下練馬村《としまぐんしもねりまむら》の、子のない夫婦に貰われていくのだと打ち明けた。漬物問屋『大前屋』に大根を届ける三十過ぎの夫婦の気心は知っているから心配はいらないと、磯路は請け合った。

「それで昨日、庄次さんにお喜代さんの家に来てもらって、仙兵衛さんの手から、二人に五両を渡してもらおうとしたんですよ。産後は何かと気をつけなきゃならないそうですから。そしたら、冗談じゃねぇって、庄次さんは真っ赤な顔して仙兵衛さんを怒鳴ったそうです。この子を、銭金で売るようなまねができるかって」

「あの庄次さんが？」

お勝は、庄次が怒った顔など想像できなかった。

これまで、そんな顔を見たことがなかったのだ。

「自分の子かどうかもわからないのに、子の身になって怒ってやるなんて。あんな真心を、わたしは持ち合わせていなかったんだなぁって、今んなって、つくづくそう思いますよ」

「でもおかみさんも、良いことをなすったじゃありませんか。父親のわからない子に、拠《よ》り所《どころ》を見つけてやんなすったし、お喜代さんは、小唄や三味線の弟子を集めて、暮らしを立てることに専念できるでしょう」

「そう言っていただくと」

途中で言葉を切った磯路は、お勝に向かってゆっくりと頭を下げた。

喜代の子を養子に出したことが最上の策かどうかはわからない。

ただ、このことで誰も心の傷を負うことがなかったのが幸いだった。

それでよしとする他あるまい。

その日の夕刻、『ごんげん長屋』の井戸端は、いつにも増して賑やかだった。

勤めを終えたお勝が『岩木屋』から帰ると、誰かが持ち出した縁台が置かれ、その周りに、お富、お啓、お六、お志麻、庄次、沢木栄五郎、それに、お琴や幸助、お妙まで交じっていた。

「何ごとだね」

お勝が覗き込むと、縁台には、胡瓜《きゆうり》や茗荷《みようが》、茄子《なす》の漬物をはじめ、瓜《うり》の粕漬《かすづけ》が、いくつもの経木《きようぎ》や折詰に入れられて並んでいる。

「どうしたんだい、これ」

「それがさ、日本橋のほら、漬物で有名な『大前屋』から庄次さんを訪ねて手代が来てさ、これを長屋の皆さんにって、漬物置いて帰っていったんだよ」

お啓が興奮しながら喋《しやべ》った。

「茗荷も茄子もあって、ほら、瓜の粕漬まで」

お富の声が頭のてっぺんから出た。

「どうもね、『大前屋』はときどき届けますと言ってるから、『ごんげん長屋』じゃ今後漬物に困ることはありませんよ」

庄次が笑顔で言うと、詰めかけていた一同から歓声が上がった。

「庄次さん、どういうことなんだい」

お富が尋ねると、

「うん。おれの、ちょっとした知り合いが、『大前屋』の持ち家に住んでるんだよ。まぁ、そういう、ちょっとしたあれで、届けてくれたんじゃねぇかねぇ」

曖昧《あいまい》に誤魔化した庄次から、窺うように眼を向けられたお勝は、

「多分、庄次さんの言う通りだろうね」

笑顔で話を合わせた。

「言ってみりゃあれだね、子は粕漬ってことかね」

「庄次さん、子は粕漬って言った」

幸助が大声を張り上げると、

「お師匠様、子はかすがいじゃありませんか」

お妙が、栄五郎を向いて問いかけた。

「まぁ、そうなんだがね」

栄五郎は困惑した顔で夕空を見た。

「本当はかすがいだろうが、今日のとこは、粕漬なんだよお妙ちゃん」

そう言うと、庄次はお勝を見てにやりと笑った。

お勝はただ、小さく頷いただけである。

第四話　池畔《ちはん》の子

一

六月十五日の山王権現の陰祭《かげまつ》りが済んで二日が経《た》った根津界隈《かいわい》は、心なしか静かになったような気がする。

活気ある夏の祭りが終わってしまって、町も人も気が抜けたのかもしれない。

先日来、根津権現門前町に虫売りの連中が現れて、夏の終わりが近いことを感じさせていた。

だが、『ごんげん長屋』のお勝の家では、賑《にぎ》やかな声が飛び交《か》っている。

「富士山は、どこにあるんだよ」

夕餉《ゆうげ》の最中だというのに、富士山についてのやりとりが止まらなくなっていた。

六月一日の富士の山開き以来、白い法被《はっぴ》を着た富士講《ふじこう》の一団を見かけていた幸助からの問いかけが発端《ほったん》だった。

「富士山は、駿河国にあるんだよ」

お勝が返事をした途端、「富士山は本当に高いのか」とか「どのくらい高いのか」と、幸助から矢継《やつ》ぎ早《ばや》に問いかけられた。

「谷中の善光寺坂《ぜんこうじざか》のてっぺんとか、本郷の坂上から見たことあるでしょ」

お琴がそう言うと、

「遠くにしか見えないから、高さなんかわかるかよ」

幸助は口を尖《とが》らせる。

「冬なんか、山の上には雪が積もってるでしょ。あれは、高いからなのよ」

お妙が大人びた物言いをすると、

「雪が降れば上野東叡山も白くなるけど、高さから言えば五重塔《ごじゅうのとう》のほうが高いじゃないか」

幸助は、得心のいかない声を発した。

「おっ母さんは、富士山に登ったことはあるの？」

話題を変えたお琴が、問いかけてきた。

「あぁ、何度もあるよ」

お勝は、大仰《おおぎよう》に胸を張って答えた。

「いつ」

箸《はし》を止めたお妙が、眼を丸くした。

「一番最近は、十日前」

「え」

お琴も箸を止めて、固まった。

「神田富士《かんだふじ》にね」

「なぁんだ。富士塚じゃないかぁ」

非難するような声を上げた幸助は、一気に飯を掻《か》き込んだ。

「富士塚にだって浅間社《せんげんしゃ》は祀《まつ》ってあるし、富士のお山に登ったのと同じご利益《りやく》はあるんだよ」

負け惜しみではなく、お勝は子供たちに胸を張ってみせる。

幸助が口にした富士塚は、江戸の諸方にあった。

以前から富士山は人々の信仰を集めており、山開きともなると、多くの人が富士山頂上の浅間大社《せんげんたいしゃ》を目指した。

だが、江戸から離れた駿河国にあるため、路銀《ろぎん》や日数の都合のつかない人は行きたくても行けない。

そこで、富士山を模した築山《つきやま》を江戸の各所に作ったことで、老人や女子供でも手軽に富士詣《ふじもう》でができるようになったのである。神田川の南岸には柳森富士《やなぎもりふじ》、神田明神の境内《けいだい》には神田富士があり、根津の近隣にも、白山富士《はくさんふじ》、駒込富士《こまごめふじ》があった。

サクサクと、胡瓜《きゅうり》の漬物《つけもの》を嚙《か》む音を立てていた幸助が、「あ」と低い声を出して、口の中のものを飲み込むと、

「胡瓜で思い出したけどね。この前、お六さんが、藍染川に胡瓜を投げ込んでるのを見た」

声を低めてそう言った。

「きっと、売れ残ったんだよ」

お妙はそう断じたが、

「だからって、藍染川に捨てなくてもいいじゃないか」

「幸助の言う通りだね」

お勝も釈然《しゃくぜん》としない声を上げた。

「わたしも、先月の末、宮永町と内藤《ないとう》様のお屋敷の間を流れてる川に、小橋から胡瓜を投げてたお六さんを見たわ」

お琴の声は、お化けでも見たかのように、掠《かす》れている。

根津宮永町と大身《たいしん》の旗本、内藤加賀守《かがのかみ》家の屋敷の間には、根津権現門前町の方から流れている小川があり、藍染川と同様に不忍池に注ぎ込んでいた。

「お六さん、どうしてそんなことしたんだろ」

お妙が独り言のように呟《つぶや》くと、

「知らない」

お琴は首を横に振った。

「聞けばいいのに」

「だって、お六さんの顔つきが怖かったんだもん」

お琴が、お妙に向かって口を尖らせると、

「うん」

掠れた声を洩《も》らした幸助も、小さく頷《うなず》いた。

六《む》つ（午後六時頃）を過ぎた『ごんげん長屋』の井戸端《いどばた》では、お勝とお富が夕餉で使った茶碗や箸などを洗い、仕事から帰ったばかりの辰之助や鶴太郎は、諸肌《もろはだ》を脱いだ体を手拭《てぬぐ》いで拭《ふ》いていた。

表通りから入り込んだ風が、やんわりと路地を通り抜けていく。

その風に煙草《たばこ》の匂いが混じっているのは、物干し場近くで樽《たる》を腰掛《こしかけ》代わりにした藤七が吐き出す煙のせいだ。

「家の中より、風の通る井戸端の方が夕涼みにはいいね」

藤七は、同じことをさっきから二度も口にして、煙管《きせる》を咥《くわ》えた。

「いい風が通るねぇ」

謡《うた》うような声を発しながら洗い桶《おけ》を抱えてきたのは、お六である。

鶴太郎が、お六のために水場を空けた。

「ここが空くよ」

「悪いね」

そう言うと、お六はお勝の隣で井戸の水を汲《く》み上げる。

「ねね、お六さん。うちの子供たちが、お前さんが胡瓜を川に投げ込んでるのを見たと言ってたけど、それは本当のことかい」

お勝は、お六が洗い物を始めたのを見計らって、さりげなく問いかけた。

「見られてましたかぁ」

答えたお六は、大きく口を開けて「ははは」と笑い声を上げた。

「え、胡瓜を捨ててるのかい」

素《す》っ頓狂《とんきょう》な声を上げたのは、お富である。

「捨てたりするもんですかぁ。あれは、河童《かっぱ》にやってるんですよ」

その返事に、皆がお六の方を向いた。

「夏のこの時季は、水遊びをする子供が溺《おぼ》れるって言うじゃありませんか。溺れさせるのは水に住む河童だって言いますから、どうか、子供を溺れさせないでくれって、好物の胡瓜をやって、お頼みしてるんですよ」

「あぁ」

得心したお勝は、声を出して頷く。

「胡瓜が売れ残ったときだけだけどね」

そう言うと、お六は照れたように笑みを浮かべた。

「そりゃ、あれだね。有馬《ありま》様の水天宮《すいてんぐう》とおんなじだな」

植木職の辰之助が、うんうんと一人合点《がてん》して頷いた。

「有馬様っていうと」

鶴太郎が首を捻《ひね》った。

「いや、それがね。うちの親方が、庭師の兄弟子って人に職人の手を借りたいと頼まれて、おれが助っ人に行くことになったんだ。そこが、筑後久留米藩《ちくごくるめ》、有馬家の上屋敷のお庭だったんだよ」

辰之助は、庭の北西の角地には水天宮の祠《ほこら》が祀られていたとも続けた。屋敷の藩士に、この祠は何かと尋ねると、

「国元にある水天宮を、去年、江戸屋敷に分祀《ぶんし》した」

との答えが返ってきた。

「だから、水に住む水天狗《みずてんぐ》に、どうか悪さをしないでくれとの思いで祀ったのが水天宮の縁起《えんぎ》ということだから、お六さんが川に胡瓜を流すのと根っこは同じってことなんだよ」

「なるほど。子供の命を助けようということだから、安産祈願にも通じるってことなのかねぇ」

お勝は、辰之助の話に感心してしまった。

「お六さんあんた、いいことをしてるねぇ」

藤七まで、感じ入ったような声を掛けた。

～かんざらしぃ、しらたまぁ～

白玉売りの声が、質舗『岩木屋』の帳場に届いている。

帳場格子《ちょうばごうし》の机に着いて帳面付けをしていたお勝が手を止めて、顔を上げた。

出入り口の閉め切られた障子に影を映《うつ》して、白玉売りがゆっくりと通り過ぎていくのが窺《うかが》える。

「白玉売りの姿を見られるのも、あとわずかですかねぇ」

帳場の近くで紙縒《こよ》りを縒っていた慶三が、表の方に眼を遣《や》って、そう呟いた。

「いやぁ、例年、暑さが続くお盆くらいまでは見かけてたけどね」

そう返事をして、お勝は帳面に眼を戻した。

「白玉売りが夏の商売とはいっても、秋になったから白玉を売っちゃいけないってことはありませんからね」

慶三は、紙縒りを縒る手は止めず、呟くように口にした。

あと十日ほどで月が替われば秋になるが、慶三が言ったように、それで白玉売りが姿を消すということはなかった。

暑さが続くお盆辺りまでは、涼しげな食べ物を求める人はいるのだ。

「白玉売りはいなくなってしまったねぇ」

奥から出てきた吉之助が土間の近くに立って、表の様子を窺った。

「食べたかったんですか」

お勝が問いかけると、

「客も絶《た》えてのんびりとした昼下がり、冷たくて甘い物を口に入れるのもいいなと、ふと思ってしまったんだよ」

土間の近くに膝《ひざ》を揃《そろ》えた吉之助は、お勝と慶三の方を向いて、笑みを浮かべた。

遠慮がちに戸の開く音がするとすぐ、

「お妙ちゃんだよ」

声を上げたのは、吉之助だった。

表の戸を開けて入ってきたお妙が、外を向いて手招きをすると、顔を俯《うつむ》けた幸助が、おずおずと土間へ入ってきた。

「幸助、その顔はどうしたんだい」

帳場を立ったお勝が土間近くの框《かまち》に膝を揃えるとすぐ、幸助の異変に気づいた。

切れた唇《くちびる》には、血がこびりついており、左眼の辺りが青く腫《は》れている。

「幸ちゃんや手跡指南所《しゅせきしなんじょ》の男の子五人が、不忍池の畔《ほとり》に暮らしてる子たちと喧嘩《けんか》したのよ」

お妙が、幸助に成り代わって答えた。

「どうして、また」

お勝はそう口にしたが、何も咎《とが》め立てをするつもりはなかった。

「あいつら、藍染川が不忍池に流れ込む辺りで、岸の草に引っ掛かってた胡瓜を拾って、食ってたから」

幸助がそう言うと、

「川に胡瓜だって？」

慶三が素っ頓狂な声を上げた。

「いえね。『ごんげん長屋』に青物売《あおものう》りのお六さんて人がいましてね」

お勝は、残り物の胡瓜を川に投げているわけをお六の口から聞いたので、昨夜、子供たちに話してやったばかりだと打ち明けた。

「だから幸ちゃんは、お六さんが河童にあげた胡瓜を、その子たちが横取りしたと思って、注意したのよ」

お妙の話は、明快だった。

「そしたらあいつら、胡瓜なんかやっても河童は言うことなんか聞かないって笑ったから、それで喧嘩になって」

「幸坊、偉いぞ」

吉之助に褒《ほ》められたものの、幸助は痛々しく腫れた顔を歪《ゆが》めただけだった。

「池のあの子たち、今日にかぎったことじゃないのよ。手跡指南所に通ってるわたしたちを見つけたら睨《にら》んでくるし、指南所のある瑞松院の山門《さんもん》の外で待ち伏せして、いろいろ言ってくるんだから」

軽く眼を吊り上げたお妙は、その孤児たちが、「字なんか覚えてどうするんだ」とか「本を読めたら偉いのか」と喧嘩腰にものを言い、「世を渡るなら、盗みを覚える方が手っ取り早い」などと怒鳴りつけてくるのだと、口を尖らせた。

「へぇ。新堀村《にっぽりむら》の荒れ寺や空き家に孤児たちが住み着いてるって話は聞くが、不忍池にもそんなのがいましたか」

胸の前で両腕を組んだ慶三が、小さく唸《うな》ると、

「あいつら、河童に沈められたらいいんだ」

幸助が、怒りにまかせて吐き出した。

その幸助の頬《ほお》をパチンと、お勝が叩いた。

「今の一言は、ちっとも偉くないよね、幸助」

お勝の怒声《どせい》に、幸助はガクリと肩を落とした。

二

根津権現門前町界隈はすっかり夜が明けている。

ほどなく六つ半（午前七時頃）という頃おいである。

『ごんげん長屋』を後にしたお勝とお六は、藍染川に沿った道を不忍池の方へと足を向けていた。

谷中の坂下を流れる藍染川辺りに、上野東叡山よりも高く昇った日の光が広がっている。

昨日の夕刻、お勝は、『ごんげん長屋』に帰ってきたばかりの沢木栄五郎を井戸端で呼び止めて、幸助ら瑞松院の手跡指南所の子供たちと不忍池の畔に住む孤児たちが喧嘩になって、双方に軽い怪我人《けがにん》が出たことを知らせていた。

その喧嘩は、子供の水難を防ごうと願うお六が、河童に恵んだ胡瓜を池の孤児たちが拾って食べたことに起因していたと伝えた。

そんなことを報告していると、自分が投げやった胡瓜が喧嘩のもとだと聞きつけたお六が、二人の話に加わった。

手跡指南所の師匠をしている栄五郎は、指南所の子供たちと不忍池の孤児たち

との間には、前々からいがみ合いのようなものはあったものの、怪我をさせるまでに至ることは、これまではなかったと述べ、

「普段はおとなしい不忍池の孤児たちですが、瑞松院の近くで指南所の子供たちを見かけると、途端に憎しみのようなものを向けるんです。思いますに、そこにはどうも、勉学に勤《いそ》しむ者への妬《ねた》みのようなものがあるようでしてね」

最後にそんな感想を口にした。

「喧嘩した池の子供たちの何人かも怪我をしてた」

幸助を連れて『岩木屋』にやってきたお妙から、そんなことを聞いていたお勝は、明朝、仕事に出る前に不忍池に寄ってみると言うと、

「わたしもお供しましょう」

栄五郎がそう申し出た。

「いえいえ、図体の大きい、腰に刀を差した指南所の師匠が来たとなると、子供たちは怯《おび》えるでしょうから、わたしが一人で」

お勝が栄五郎をとどめると、

「それならお勝さん、胡瓜がもとで揉《も》めたということだし、わたしも一緒に行きますよ」

お六から、そんな申し出があった。

そして今朝、お勝は朝餉を早めに摂《と》って『ごんげん長屋』を出た。

いつもは夜明け前に青物の仕入れに出るお六は、この日の商《あきな》いをやめて、お勝と同行することにしたのだった。


幸助ら手跡指南所の子供たちや、根津権現門前町の住人から〈池の子〉と呼ばれている連中は、不忍池の北端にある草むらの一角に、盗んだり拾い集めたりした棒や板切れで建てたふたつの掘っ立て小屋で暮らしていると聞いている。

その場所は、不忍池の北岸の東叡山御花畑《おはなばたけ》と境を接していた。

藍染川が不忍池に注ぎ込む辺りで足を止めたお勝とお六は、池を見渡す。

いつも見慣れている不忍池だが、池の端に立って見回すと、やはり広い。

水際には葦《あし》が生《は》えており、池の真ん中に建つ弁天堂の近辺には、蓮《はす》の葉が密生《みっせい》している。

「もう少し早い刻限だと、花が開くところを見られるんですがね」

お六は、お勝の横で静かに口を開いた。

夜明け前に『ごんげん長屋』を出ていくお六は、早朝音を立てて開くという蓮の花をたびたび眼にしているのだろう。

「あっちの方だね」

背の高い草の群生《ぐんせい》の先から立ち上る煙を指さすと、お勝はお六と連れ立って、草むらを回り込んだ。

その先には、畳にして十五、六畳ほどの空き地があり、その片隅に、雨除《よ》けの葦の葉などを屋根に載せた二棟《むね》の掘っ立て小屋が建っていた。

石や泥《どろ》で造ったらしい竈《かまど》で火を熾《おこ》していた男児が素早く腰を上げ、現れたお勝とお六に警戒の眼を向けると、近くで米を研《と》いでいた者、岸辺で洗濯をしていた者たちが一斉に動きを止めて、凝視《ぎょうし》した。

十《とお》を少し超したと思《おぼ》しき男児から、四つ五つくらいに見える子供までの五人の多くは蓬髪《ほうはつ》で、誰もが継《つ》ぎ接《は》ぎか、着古《きふる》した着物に身を包んでいる。

「なんの用だよ」

低い声で凄《すご》んだのは、火を熾していた一番年かさらしき男児だった。

長い髪を後ろで束《たば》ねて垂髪《たれがみ》にしている。

「朝からすまないね。わたしは、根津権現門前町に住む勝って者で、この人はお六さん」

お勝がそう口を利《き》いたが、子供たちは睨んだまま、口を開こうともしない。

「いえね、昨日、瑞松院に通う指南所の子供たちと喧嘩をしたのは誰か知りたくて来たんだよ」

お勝は、警戒されないよう、努めて砕《くだ》けた物言いをした。

何人か反応を示した子はいたが、声はない。

「わたしが川に流した胡瓜を、あんたたちが拾って食べたことで喧嘩になったことは、知ってるんだよ」

お六の声には、ことさら咎めるような響きはなく、むしろ、楽しげな様子が窺えた。

「胡瓜代を払えって言うのかよ」

十くらいに見える、細い眼の男児が凄んだ。

「そうじゃないよ」

お六が返答すると、

「手跡指南所の子も何人か怪我をしてたけど、それは周りの大人が手当てするからいいんだ。けど、あんたたちの中にも怪我をした子がいると聞いたから、気になって来たんだよ」

お勝はそう言い添えた。

「怪我してたら、なんなんだ」

細い眼の男児が、抑揚《よくよう》のない声を発した。

「傷の具合によっちゃ手当てをしないと、傷口からよくないもんが入って、膿《う》んだりひどくなったりするから、それが気がかりなんだよ」

お勝が思いを口にすると、子供たちが放っていた警戒の色が、少しばかり薄らいだ。

「怪我の手当てぐらい、おれたちでできるよ」

垂髪がそう言うと、

「医者に払う御《お》あしもないから、おれたち、薬草を見分けて薬を作るんだよなぁ」

太りぎみの男児が、人懐《ひとなつ》っこい顔をして自慢した。

「それはわかったから、とにかく、わたしに怪我の具合を見せておくれよ」

お勝が初めてきつい物言いをすると、子供たちがビクリと体を硬くした。

「そこの青痣《あおあざ》のあんた、前に出なさい」

お勝が指をさすと、十くらいの細身の男児が、おずおずと女二人の前に立った。

「名は」

「三太《さんた》」

細身の男児は素直に答え、重ねて年を聞くと、「十」だとの返事だった。

「他には」

お六が見回すと、太りぎみの男児と、細い眼の男児が進み出て、

「おれは、正平《しょうへい》。七つ」

太りぎみの男児が自ら名乗ると、

「おれは、仁助《にすけ》。多分、九つ」

表情の乏《とぼ》しい細眼の男児が続けた。

「正平は、どこを怪我したんだい」

お勝が問うと、

「腹と肘《ひじ》」

正平はそう言うと、着物の身頃《みごろ》からはみ出した腹の引《ひ》っ搔《か》き傷と、擦《す》り傷の痕《あと》のある肘を見せた。

「おれは、ここにたんこぶ」

そう言って頭を突き出したのは、仁助である。

お勝が額《ひたい》の上の方を手で触ると、こぶがふたつあった。

「叩かれたのかい」

「ひとつは叩かれた」

仁助はお勝に答え、

「もうひとつは」

お六に畳《たた》みかけられると、ほんの少し迷い、

「すぐそこのお屋敷の、白壁の塀《へい》にぶつかった」

「それは、さぞ痛かったろう」

お勝に慰《なぐさ》められると、仁助は悔しげに俯いた。

おそらく、秋元但馬守《あきもとたじまのかみ》家の屋敷の塀だろう。

「みんなの怪我は、大したことがないとわかって、安心したよ」

陽気な声を上げて子供たちを見回したお勝は、

「三人から名は聞いたけど、あんたとあんたの名も聞かせておくれよ」

垂髪の男児と、一番年少の男児に眼を向けた。

「信平《しんぺい》」

年少の男児が小さい声で返答すると、

「おれの弟で、五つだよ」

正平が代わりに答えた。

「おれは、源七《げんしち》。年は、十二」

「どうやら、あんたがみんなの頭分《かしらぶん》だね」

お勝が尋ねると、

「まぁ、ここじゃ一番年かさだし」

垂髪の源七は、照れたように片手を頭にやった。

「ここでひとつ、みんなに聞いておきたいんだがね」

お勝が声を張ると、子供たちは注目した。

「手跡指南所の子供たちと、昨日どうして喧嘩になったのか、あんたたちの言い分を聞きたいんだよ」

「あいつら、おれたちが胡瓜を拾って食ってるのを見て僻《ひが》みやがったんだよ」

三太が、訴えるように口を尖らせた。

「食いたいなら食いたいって言やぁいいのに、出まかせの作り話をしやがってさ」

「そうそう。河童にやる大事な胡瓜だとかなんとか言うから、嘘《うそ》つけって言ったら、喧嘩になってた」

仁助が、正平の話に続けて事情を語った。

「なるほど」

呟いたお勝は、お六を向いて小さく笑いかけた。

「胡瓜を川に投げたのは、作り話でもなんでもなくてね、ほんとに河童にやるためなんだよ」

お六はそう切り出すと、水に住む河童に、子供を水難から防いでほしい一心で好物の胡瓜を捧《ささ》げているのだと、一昨日《おととい》、お勝にも打ち明けた思いを池の子供たちに話して聞かせた。

すると、黙って聞いていた子供たちの間で、何やら悔《く》やむような様子が微《かす》かに見て取れた。

「あのぅ」

お六に向かって、恐る恐る声を発したのは、仁助だった。

「なんだい」

「指南所の奴らに嘘つきって言ったってことは、おれたち、河童に祟《たた》られるのかい」

仁助は、細い眼をさらに細め、怯えたように声を掠れさせた。

「どうですかね、お勝さん」

「この先も、土地の子供たちと諍《いさか》いを起こすと言うなら、お河童様がお許しにならないかもしれないねぇ」

お勝は、芝居の怪談物の台詞《せりふ》を言うように、冷ややかな言い方をし、

「だけどね、お前さんたちにも指南所の連中にも、これまでのことで腹の治《おさ》まらないこともあるだろうから、いきなり仲良くしろとは言わないけれど、お互い傷つけるようなことは金輪際《こんりんざい》やめようじゃないか。瑞松院の手跡指南所の子供たちには、わたしが言って聞かせるからさ」

と、ことを分けて話した。すると、

「おばさんの言うことを、奴らが聞くのかい」

源七は不安を口にした。

「まかせておくれよ」

お勝が、笑みを浮かべて頷くと、源七も小さく頷き返した。

「よしよし、それでいいんだ」

お六まで笑みを浮かべると、

「みんな、食べ物はどうしてるんだい」

と、暮らしの心配まで口にした。

「拾ったり、盗んだり、たまに買ってきたもんを、みんなで食べたり」

「三太馬鹿ッ、盗んでたのは以前の話だろうが」

源七が、声を荒らげて窘《たしな》めた。

すると、

「今はもう、やめてます」

三太は堅苦しい物言いをしたが、すぐに「へへへ」と笑い声を上げた。

そのとき、土を踏む音がして、草の群生の陰から、目明かしの作造と、下っ引きの久助が現れ、

「なんだい、お勝さんたちかぁ」

いきなり声を発した作造が、その場に突っ立ち、

「いやね、天眼寺《てんげんじ》の前で棒手振《ぼてふ》りの熊《くま》に会ったら、年増女が二人、〈池の子〉の塒《ねぐら》の方に向かっていったなんて言うもんだから、揉めちゃいけねぇと、こうして駆けつけてきたんだよ」

と、事情を述べた。

お勝は、瑞松院の手跡指南所の子供たちと池の子供たちの間に諍いがあったので、事情を聞きに来たのだと打ち明けた。

「ほほう、それで」

作造は興味を示したが、

「大したことはありませんでしたよ」

お勝が言うと、脇にいたお六も笑顔で頷いた。

「そりゃ何よりだ。こいつら親にはぐれた孤児でね、以前は、ここを塒にして町中で悪さをしてたんだよ」

「今は、してねぇ」

源七が声を上げた。

「わかってるよ。寛永寺《かんえいじ》の支院《しいん》の坊さんに説教されて以来、静かになったと話そうとしたんじゃねぇか」

「うん」

源七は作造に向かって、素直に頭を下げた。

作造と久助によれば、池の畔は上野東叡山の敷地だから、本来、子供たちを住まわせることはできないと言われたようだ。

しかし、小屋を建てて暮らしている孤児たちが、誰に言われることもなく、火の用心に努め、御花畑や大仏前の掃除などをするようになったので、御花畑を預かる上野東叡山目代《もくだい》、田村権右衛門《たむらごんえもん》家としては、住むのを大目に見ることになったのだという。

「こいつら今じゃ、谷中の坂下に立って、荷車押しやら坂上の寺や墓に参る爺さん婆さんの荷物持ちや湯屋の木っ端《こっぱ》集めもして稼いでますよ。なっ」

久助から声が掛かると、子供たちは黙って頷き、

「紙屑拾《かみくずひろ》いもしてるよ」

五つになる信平が口にした。

「それだけじゃねぇよ。なぁみんな」

源七がそう言うと、

「見せてやる」

ひと声掛けて小屋に飛び込んだ三太が、草の葉で編《あ》んだ細工物を持ってきて、お勝とお六の前に差し出した。

「蛇《へび》のようだね」

お勝が呟くと、

「麦の穂《ほ》の代わりに、葦で魔除《まよ》けの蛇を作って、あちこちの富士塚で売ってもらってるよ」

三太は、自慢げに笑みを浮かべた。

「そうかい。みんな偉いよ」

「うんうん」

お六は、お勝に相槌《あいづち》を打つと、子供たちを笑顔で見回した。

「お前たちに言っとくが、この根津界隈でお勝さんを怒らせたら怖い目に遭《あ》うから気をつけろよ」

久助が、恐ろしい顔つきをして、子供たちに脅《おど》しをかけ、

「かみなりお勝と呼ばれてるくらいだからよ」

と、二《ふた》つ名《な》まで口にした。

子供たちは、口を半分開けたまま、お勝に眼を向けた。

「ははは、そういうことはともかくとして、さっきの仲直りの件は、ひとつ頼んだよ」

お勝は穏やかな調子で声を掛けると、柔和《にゅうわ》な笑みを浮かべて子供たちを見回した。

三

根津権現門前町の表通りは西日を浴びている。

七つ半（午後五時頃）を少し過ぎた頃おいだから、日の入りまでにはまだ間がある。

質舗『岩木屋』の仕事を終えたお勝が、南北に延びる通りを南へと足を向けていた。

お勝が、お六とともに〈池の子〉たちに会いに行った日から、三日が経っている。

まだ明るい通りには、出先に行っていたお店《たな》の小僧や手代、用を言いつかっていた下女などが小走りに行き交《ゆか》い、残り物を売り切ろうという担《かつ》ぎ商いや棒手振りが売り声を張り上げて通り過ぎていく。

もうしばらくすると、出職《でしょく》の職人たちが家路に就《つ》く姿を見せ始める頃おいとなる。

やがて、日が暮れると、岡場所を抱える根津権現門前町には雪洞《ぼんぼり》に火が灯《とも》り、妓楼《ぎろう》の明かりが艶《なま》めかしい夜の貌《かお》を作っていくのだ。

男の怒声と女の悲鳴を聞いたお勝は足を止めて、行く手の方に首を伸ばした。

立ち止まった通行人たちが遠巻きにした中に、揉み合っているいくつかの人影が眼に留まった。

「何すんだよぉ」

子供の喚《わめ》く声が響くと、「相手は子供じゃねぇか」と誹《そし》る声も聞こえる。

騒ぎの場所に近づいてみると、見るからに破落戸《ごろつき》と思しき二十四、五の男二人が、子供二人を叩いたり投げ飛ばしたりしていたぶっていた。

通りがかりの者や野次馬《やじうま》から、乱暴を誹る声が飛び交っているが、破落戸二人は、開き直ったように凄んでみせ、

「根津の女郎は客あしらいがなってねぇ」

「お高く留まりやがって」

などと、二人して怒鳴り散らす。

「根津の餓鬼《がき》まで、人にぶつかって詫《わ》びひとつ言わねぇのはどういうことだよ」

もみあげの濃い破落戸の一人が、近くで睨んでいた子供の胸ぐらを摑《つか》んだ。

胸ぐらを摑まれたのが仁助だと気づいたお勝は、

「チキショウ!」

埃《ほこり》を払って立ち上がったのが、三太だということもわかった。

「三太おやめ」

お勝は、仁助の胸ぐらを摑んでいた破落戸に向かおうとした三太を抱き留めた。

すると、頬に傷のあるもう一人の破落戸が、

「婆ぁ、何しやがる」

お勝の胸ぐらに手を伸ばす。

咄嗟《とっさ》に体《たい》を躱《かわ》したお勝が、傷のある男の頬を思い切りひっぱたいた。

「この婆ぁ」

仁助の胸ぐらを摑んでいたもみあげの男は、懐《ふところ》の匕首《あいくち》を引き抜いて、お勝に向かってきた。

「ちょいと借りるよ」

お勝は、近くに駕籠《かご》を止めて見ていた駕籠かきの手から棒を借り受けるや否《いな》や、もみあげの男の腕を叩いた。

「ウッ」

もみあげの男は、呻《うめ》き声を上げて、匕首を取り落とす。

その直後、頬に傷のある男は落ちた匕首の方へと駆け出したが、お勝が差し出

した棒に足をもつれさせて、通りに腹から倒れて砂埃を舞い上がらせた。

「誰か、作造親分を呼んでこい」

「よっ、かみなり」

見ていた近所の下駄屋《げたや》の親父などから声が飛ぶと、破落戸二人は、這《ほ》う這《ほ》うの体《てい》で逃げていった。

「棒をありがとうよ」

駕籠かきに棒を返すと、

「二人とも、怪我はないかい」

お勝は、三太と仁助に眼を向けた。

二人は、ぽかんと口を開けたまま、コクリと頷く。

「もういいから、お帰り」

お勝がそう言うと、二人は、辞儀でもするように小さく首を動かして、不忍池の方へと駆けていった。

「何ごとですか」

三太と仁助を見送っていたお勝に声を掛けたのは、栄五郎だった。

「ちょっと、迷ってましてね」

「何か」

「先生は、まっすぐ長屋にお帰りですか」

「えぇ」

「そしたら、うちの誰かに、わたしは湯屋に寄ってから帰ると伝えていただけませんかねぇ」

お勝が片手で拝《おが》むと、

「お安い御用ですよ」

栄五郎が快《こころよ》く請《う》け合ってくれた。

男二人を相手に体を動かしたせいで、肌着が濡れるほど汗をかいてしまった。

そのまま長屋に戻るには、なんとも気持ちが悪いのだ。

蕎麦屋《そばや》の隣の『たから湯《ゆ》』には貸し手拭いがあるから、こうして仕事帰りに汗を流せるというのは大いに助かる。

湯屋に立ち寄ったお勝が、『ごんげん長屋』の木戸を潜《くぐ》ったのは、とっくに日が暮れた頃おいだった。

井戸端に人気《ひとけ》はなく、魚を焼いた匂いがどこからともなく漂っている。

いや、その匂いとは別に、火薬の燃える臭《にお》いと煙も流れてきている。

お勝は路地へは進まず、井戸から左へ向かい、伝兵衛の住まいの方へと足を向けた。

すると、伝兵衛の家の縁側で、火薬の爆《は》ぜる音を立てた線香花火が、白い光を放っているのが見えた。

お琴と幸助とお妙、それに伝兵衛や藤七、さらには彦次郎とお六の顔が、花火の光に浮かび上がった。

「お勝さん、お帰り」

お六が、近づいたお勝に気づいて笑みを向けた。

すると、

「帰りに『たから湯』に寄ったそうじゃないか」

伝兵衛から声が掛かった。

「汗をかいたまま帰る気になりませんで、つい」

お勝は、破落戸相手に立ち回りを演じたことは伏せて、おどけてみせた。

「おっ母さん、夕餉は汁を温めるだけだから」

「わかった。食べたくなったら、裏から入るよ」

お勝は気遣《きづか》うお琴に笑顔で応《こた》えた。

花火が催《もよお》されている伝兵衛の家の縁側は、お勝の家のある棟の裏手にあった。

したがって、猫の額ほどの裏庭から障子を開けて家に戻れるのだ。

お妙と幸助が持つ線香花火に火が点《つ》くと、火薬の爆ぜる音がして、火が花模様を描き出した。

「人混みの中で見る両国の花火より、こっちの花火の方が風情《ふぜい》があるよ」

感じ入ったような声を発したのは藤七である。

「藤七さんは、両国の花火を見たことあるんですか」

幸助が尋ねると、

「そりゃあ、この年まで生きてるとさぁ」

藤七はそう言って、笑みを浮かべた。

「両国の辺りは、食べ物屋もあって飽きることのない場所だよ。見世物小屋に芝居小屋、楊弓場《ようきゆうば》や茶店と、大人の男には——」

そこまで口にした伝兵衛が、後の言葉を呑《の》み込んだ。すると、

「大人の男には、なんなの」

お妙が周りの大人たちを見回す。

「あれだよ、お妙ちゃん。両国は人だらけで、ただただ疲れ果てる場所だっていうことなんだよ」

彦次郎は誤魔化《ごまか》したが、お妙の顔には不審の色が残っている。

幸助が、火の消えた線香花火を水の張られた盥《たらい》に落とすと、

「あ、そうだ」

呟いてお勝を見た。

「今日、手跡指南所の帰りに藍染川の道を通っていたら、善光寺坂下で、この前喧嘩した池の奴らと出くわしたんだ」

「それで」

お勝が何気なく問いかけると、お六も幸助を見た。

「また何か言いがかりをつけてくるのかなぁと身構えてたら、あいつら三人、黙って通り過ぎていったんだ」

幸助は、何ごともなかったのが残念とでも言うように、軽く「チッ」と舌打ちをしたが、安堵《あんど》していることは間違いない。

「どんな三人だったのさ」

お六に尋ねられた幸助は、〈髪を後ろで束ねている奴〉と〈体の細い奴〉と〈細

い眼の奴〉と言い連《つら》ねた。

おそらく、頭分の源七と三太と仁助だろう。

三日前の早朝、お勝が頼んだ仲直りの件を、池の子供たちは受け入れてくれたようである。

お勝はお六と、小さく笑みを交わした。

ほんの少し前、上野東叡山の時《とき》の鐘《かね》が八つ（午後二時頃）を打った。

日はすでに西に傾《かたむ》き始めていたが、日射《ひざ》しを浴びている道の照り返しが、閉め切られた戸口の障子紙を白くしている。

その障子紙に、『岩木屋』の表で動く二人の男の影が映っていた。

手代の慶三と車曳《くるまひ》きの弥太郎が、手桶《ておけ》の水を乾《かわ》いた路面に撒《ま》いている姿である。一度撒いてもすぐに乾いたらしく、裏庭の井戸水を再度汲んできて、二度目の水撒きをしていた。

日の射さない帳場では、先刻からお勝が、質草《しちぐさ》として預かった品々に紙縒りを結びつけている。質入れをした客の名と、今日の日付を書き入れた紙縒りである。

お勝が紙縒りを結びつけると、傍《かたわ》らに控えた蔵番の茂平がひとつひとつ手に取って品物と紙縒りを確かめて、幾分底の深い矩形《くけい》の乱《みだ》れ箱《ばこ》に並べていく。

「番頭さん、この印籠《いんろう》は、象牙《ぞうげ》の根付《ねつけ》ですから、かなりの値打ちもんですぜ」

茂平はそう言って、手にした黒漆《くろうるし》塗《ぬ》りの印籠に眼を近づけた。

「朝一番に預かった品だけど、わたしも気になって、作造親分においで願ったんだよ」

お勝は、根津権現門前町の目明かしの名を口にした。

質屋には、盗品など曰《いわ》くのある品物が持ち込まれることがよくある。

そのため、奉行所は、判明している盗品の種類や特徴などを記した手配書を市中の質屋に配ることがあった。

件《くだん》の印籠は、目下《もっか》のところ手配書には記載されていなかったのだが、お勝は念のために作造に来てもらったのである。

「親分によれば、こんな印籠が盗まれたという知らせは奉行所にも届いてないそうでしたよ」

お勝はそう言うと、作造は念のために、質入れした人物の住まい近くに下っ引きを行かせたとも伝えた。

質入れに来たのは、本郷の石屋だった。

注文を受けて作っていた石灯籠《いしどうろう》を弟子が倒してしまい、騒動になったという噂《うわさ》が近隣に流れていたとわかった。

「それで、わたしも作造親分も、新たに石材を買う必要に迫られた主《あるじ》が、父親の形見かなんかを金に換えようとして持ち込んだに違いないと、昼過ぎにそう判断したんですよ」

「なぁるほど」

茂平は得心して、紙縒りのついた印籠を並べた乱れ箱を、蔵のある奥へと運んでいった。

「こりゃ、ご隠居さん」

表から慶三の声がした。

「慶三さん、その桶おれが裏に持っていくから」

弥太郎の声が続いて、

「悪いね」

再び慶三の声が飛ぶ。

戸が開くと、料理屋『喜多村《きたむら》』の隠居、惣右衛門が土間に入り込み、慶三がその後に続いて入り、戸を閉めた。

「これはお珍しいことで」

お勝は、土間近くに膝を揃えて両手をついた。

「わたしは、水でも」

「構わんでくださいよ」

惣右衛門は声を掛けたが、慶三は急ぎ奥へと向かった。

「ちょっといいかね」

言いながら、惣右衛門は土間の框に腰を掛けた。

谷中善光寺前町《やなかぜんこうじまえまち》の料理屋『喜多村』を娘夫婦に託して隠居の身となっている惣右衛門は、『どんげん長屋』の家主である。

お勝が、女中奉公していた書院番頭の旗本、建部左京亮の屋敷を辞して三年ほど経った頃、『喜多村』の娘夫婦の子供の世話係として雇われたのが縁で、今も惣右衛門一家とは交誼《こうぎ》を続けている。

「うちの井戸水ですが」

盆に載せて運んできた慶三が、水を入れた湯呑《ゆのみ》を惣右衛門とお勝の前に置くと、帳場格子近くに行って、膝を揃えた。

「それで、今日は何か」

「いや。大した用じゃないんだがね」

そう言うと、惣右衛門は湯呑の水をひと口含み、

「古くから懇意《こんい》にしている夫婦者が、久しぶりに料理屋『喜多村』の昼の弁当を食べたいと言って、昼頃来たんだよ」

惣右衛門が言うには、自分と年の変わらないその老夫婦は、久しぶりに歩く善光寺坂に息を切らして、途中で立ち止まったらしい。

すると、坂上からやってきた、髪の伸びたみすぼらしい身なりの四人の子供たちが見かねて、『喜多村』の入り口まで二人一組となって、それぞれが夫婦の尻を押してやったとも言う。

「その礼にと、夫婦が十文を渡そうとしたら、いらないと、断られたそうだよ。車押しなら押し代は貰《もら》うが、尻押しは商売にしてないから銭を貰うわけにはいかないと、もっともなことを口にしたそうなんだが、最後に、垂髪の子供がこう言ったそうだ。『下手《へた》に金を貰うと、かみなりお勝が怖いんだよ』とさ」

「あの子ら、そんなことを言いましたか」

お勝はそう言って、小さく声を出して笑った。

四人の男児は、おそらく〈池の子〉たちだろう。

一番年かさの子供は、角ばった顔つきの源七に違いない。

「お勝さんを恐れてるその子供たちは、いったい何者だね」

惣右衛門に尋ねられたお勝は、幸助とお妙が通う瑞松院手跡指南所の子供たちと〈池の子〉との諍いが発端となり、その仲裁に乗り込んだ顚末《てんまつ》を語った。

「なるほど。孤児五人が、肩寄せ合って暮らしていますかぁ」

話を聞いてそんな言葉を洩らした後、惣右衛門は、細く長いため息をついて腰を上げた。

「お帰りですか」

お勝は土間に置いてある履物に足を通すと、惣右衛門の先に立って、戸を開ける。

「邪魔したね」

そう言って表に出た惣右衛門の後に、お勝も続いた。

「その子供たちが暮らしてる辺りを、ちらと遠くから見てみようかね」

「御花畑のすぐ近くです」

お勝が声を掛けると、惣右衛門は軽く右手を挙げて応え、神主屋敷の塀に沿って、不忍池の方向にゆっくりと足を向けた。

『岩木屋』は、いつも通り七つ半（午後五時頃）に店を閉めたが、お勝は一人残って、やり残していた帳面付けを終えてから帰途に就いていた。

だが、お勝は、『ごんげん長屋』に入る小路《こうじ》を通り過ぎると左に曲がり、藍染川へと足を向けた。

長屋への入り口を見逃したわけではなかった。

藍染川に沿って、不忍池の畔に行くつもりである。

池の子供たちの様子を見たら、すぐに『ごんげん長屋』に戻り、子供たちと夕餉をともにするのだ。

お勝は、『岩木屋』の台所女中のお民から借りた手提《てさ》げの竹籠《たけかご》を左手に提げていた。

「ちょうど、夕餉時だったねぇ」

〈池の子〉たちの塒《ねぐら》に足を踏み入れたお勝は、鍋釜《なべかま》を真ん中にして車座《くるまざ》になって箸を動かしていた源七ら五人の子供たちに声を掛けた。

三太と正平と信平は板切れで作った簀《す》の子《こ》に座り込み、源七と仁助は、味噌樽《みそだる》や木箱を腰掛にして何やら頬張《ほおば》っていた。

「時分時《じぶんどき》だと思って、土産《みやげ》に煮豆や漬物を持ってきたから」

言いながら、お勝は竹籠から包みを取り出して、

「夏だから、長く取っといちゃいけないよ」

簀の子の上に並べながら注意を促《うなが》した。

「お勝さん、おれたちが、食い物をいつまでも残すと思うのかい」

三太が、悪戯《いたずら》っぽい笑みを浮かべると、

「明日の朝で消えてしまうよ」

仁助が冷静な物言いをした。

「そりゃそうだね」

お勝は夕空を向いて笑い声を発した。

「お勝さん、食べていきますか」

「わたしがお相伴《しょうばん》に与《あずか》っちゃ、みんなの食べる分がなくなっちまうよ」

お勝が、気を使った正平に苦笑しながら答えると、

「なくなったって構やしないさぁ。今日もお六さんから残り物の青物を貰ったしな」

源七がお勝に笑みを向けた。

「そう。お六さんも気にかけていたのだねぇ」

「ときどき、菓子も持ってきてくれる」

五つの信平が、嬉しそうに微笑《ほほえ》んだ。

「そりゃよかった」

呟いたお勝は、うんうんと頷いた。

「それじゃわたしは」

空になった竹の籠を手に歩き出そうとしたお勝は、ふと足を止め、

「今日の八つ半時分（午後三時頃）に、年の頃六十過ぎのお爺さんがここに来なかったかい」

さりげなく子供たちに声を掛けた。

「誰だい」

「うん。谷中善光寺前町の人なんだけどね」

お勝は、尋ねた源七に曖昧《あいまい》に答えた。

惣右衛門はおそらく、陰からそっと覗《のぞ》き見ただけなのかもしれない。

そして、料理屋『喜多村』の隠居が、善光寺坂を上る老《お》いた夫婦者の尻を押したことに感心していたということも伏せて、

「それじゃ、おやすみ」

片手を挙げると、お勝はその場を後にした。

四

季節の変わり目なのだろうか。

朝から雲行きが怪《あや》しかったが、いつか降り出しそうで降らないという空模様は、昼を過ぎても変わらない。

『岩木屋』の土間に下りたお勝と慶三は、戸口から顔を出してどんよりとした空を見上げている。

「荷物を積んだはいいが、帰る途中降られでもしたらことですからね」

「そうだねぇ」

お勝は、曖昧な声を洩らした。

この日、損料貸《そんりょうが》しをしていた高足膳《たかあしぜん》や酒器を引き取ることになっていたのだが、引き取りに行くか日延《ひの》べかと、朝から判断がつかないでいたのだ。

「明日にしようかね」

「はい」

慶三は、お勝の判断に頷くと、

「明日の朝、別の用事がないか確かめてみます」

そう言って戸を閉め、お勝に続いて土間を上がった。

するといきなり、閉めたばかりの戸が外から開けられ、お琴が土間に飛び込んできた。

「どうしたっ」

お勝は、普段見たことのない形相《ぎょうそう》をしているお琴に気づいて声を張り上げた。

「お、お、お六さんが、走ってる！」

「なんだって」

お勝は、土間の下駄に急ぎ足を通した。

「お六さんが、怪我をした男の子を抱えて、医者を探し回ってるんだよ！」

お琴が、表の方を指さすと、

「男の子は五つくらいで、不忍池に住んでる子の一人だって、幸ちゃんが」

お琴が言う五つの子というのは、信平だと思われる。

二軒の医者の家に駆け込んだが、診察を断られたお六は、この近辺の医者を探し回っていると、やっとのことで話の筋道を言い終えた。

「慶三さん、すまないけど、神主屋敷の先の白岩道円《しらいわどうえん》先生の家に走って、怪我人を連れていくと伝えておくれ」

言うや否や、お勝は『岩木屋』を飛び出した。

「お六さんは、表の通りだよ！」

お勝の背後から、お琴の声が飛んできた。

「わかった！」

けたたましい下駄の音を立てて駆けるお勝は、根津権現門前町の辻《つじ》を右へと折れた。

ガッガッガッと、お勝の下駄が路面を削るようにして急ぐ。

裾《すそ》を撥《は》ね上げ、左右に眼を走らせて駆ける様を見て、行く手から来る物売りや買い物帰りの女などが、慌《あわ》てて道を空ける。

「なんだなんだ、この婆ぁは！」

慌ててお勝を避け、天秤棒《てんびんぼう》を落としそうになった棒手振りから、荒らげた声を浴びせられた。

「おい、向こうからも鬼婆ぁが来るぞ！」

通りがかりの男が声を張り上げると、お勝の行く手にいた通行人が左右に割れ、砂煙を舞い上げて駆けてくる一団が迫ってきた。

結《ゆ》った髷《まげ》は崩れ、ほつれた髪の毛を逆立てるようにしたお六が、信平らしき男児を胸の前に抱いて鬼のような形相で駆けてくる。しかも、その左右には襤褸《ぼろ》のような装《な》りをした源七ら池の子が四人付き従い、

「医者ぁ！　医者はどこだよぉ」

町の者たちに向かって声を張り上げていた。

「どうしたんだいっ」

お六の前で立ち止まったお勝が声を掛けると、

「荷車に撥ねられたって言うんですよっ。さっきから呼びかけてるけど、声も出さないんですよっ」

お六は、腕の中でぐったりとしている信平をお勝の方に見せた。

「番頭さん」

大声を上げて駆けつけてきた慶三が、

「道円先生が、すぐに連れてくるようにって」

息も絶《た》え絶《だ》えに告げた。

「慶三さん、ありがとう。店に戻っておくれ」

礼を口にしたお勝は、

「お六さん、その子はわたしが抱えようか」

「大丈夫です」

お六は小さく頷いた。

「医者はこの近くだから、ついておいで」

お勝は、少し先にある自身番近くの辻に進み、右へと折れて急いだ。


白岩道円の屋敷は、神主屋敷の建つ権現社地の南側にある。

神主屋敷の南側には、町家の並ぶ根津権現門前町と境を接する武家地があった。

その一角にある、瓦屋根《かわらやね》の小ぶりな門構えの柱に『医師　白岩道円』と書かれた小さな木札が掛かっていた。

日陰になった門を、外からやってきたお勝が潜った。

お六とともに信平を白岩道円の屋敷に運び込むと、お勝は一旦『岩木屋』に戻っていたのだ。

道円の屋敷と『岩木屋』は、一町半（約百六十三メートル）ほどの隔《へだ》たりしかなく、何かことがあればすぐに駆けつけられた。

だが、道円の屋敷からはなんの呼び出しもなく、お勝は店の仕事を終えるまで勤めてから『岩木屋』を後にしたのだった。

門から屋敷に足を踏み入れたお勝は、建物に沿って裏手へ回った。

お琴ら三人の子供たちも、『喜多村』の主の二人の子も連れてきたことのある屋敷内だから、迷うことはない。

建物に沿って進んだ先に、塀際に躑躅《つつじ》や百日紅《さるすべり》などの植栽《しょくさい》のある、広さ十畳ほどの細長い土の庭があった。

長く延びた縁には、二部屋が並んでおり、障子の開かれた六畳ほどの部屋に、髪を乱したままのお六が肩を落として座り込み、その傍らには源七と信平の兄の正平が胡坐《あぐら》をかいていた。

「お六さん」

庭に立ったまま声を掛けると、顔を上げたお六は「あぁ」と掠れた声を洩らし、二人の子供は、コクリと会釈《えしゃく》した。

「信平の様子はどうなんだい」

沓脱石《くつぬぎいし》に下駄を脱いだお勝は、声を掛けながら六畳の部屋に入った。

「先生が、傷口に薬つけたりしたけど、どうも打ち所が悪かったようで、気を失ったままなんですよ」

お六の声に、源七と正平は黙って頷いた。

「他の子は？」

「お琴ちゃんが『ごんげん長屋』に連れていきました。大家の伝兵衛さんの家が広いから、そこで待たせてもらうように頼むって」

そう言うと、お六は「はぁ」とため息を洩らし、肩を大きく上下させた。

「信平に、いったい、何があったんだい」

お勝は、源七と正平に、静かに問いかけた。

「少し稼ごうと思って、昼過ぎから、おれと三太と信平で、車の後押しをしてたんだ」

正平によれば、坂道の多い谷中では、車の後押しは実入りがいいそうだ。

善光寺坂、三浦坂、上野東叡山内の稲荷坂、遠くは、谷中三崎町《やなかさんさきちょう》の坂道もよい稼ぎ場だった。

この日、稼ぎ場にしたのは、不忍池の畔に近い、護国院《ごこくいん》沿いの坂道だった。

不忍池の東岸の道から御花畑近くを通って、谷中善光寺前町へと抜ける坂道は荷車がよく行き交うのだという。

御花畑の先にある、三河吉田藩松平家の下屋敷の門前で待っていた正平たちは、荷を積んできた大八車の後押しを持ちかけると、車曳きは「三人で十文」という手間賃を出すと折り合ってくれた。

「塀に沿って坂道を上って、辻番所の角を曲がって次の角に向かいかけたとき、車曳きが足を滑らせて、梶棒《かじぼう》から手を離したんだよ」

そのときの様子を三太が口にした。

車曳きは、跳ね上がった梶棒を急いで引き下ろしたが、積み荷を縛っていた縄が切れて、積んでいた炭俵《すみだわら》のひとつが後押ししていた三人に転がり、避けきれなかった信平にぶつかったということだった。

「信平はまだ五つじゃないか。車の後押しなんか無理だよ。どうしてそんなことやらせたんだよぉ」

お勝の声に怒気《どき》はなかったが、静かな物言いの中には悔しさが滲《にじ》んでいた。

「おれも無理だから押さなくていいと言ったんだ。けど、押すって言うから」

俯いた正平はそう言い、さらに、

「信平は、みんなの役に立ちたいって思ってるんです。おれと信平は、去年仲間にしてもらった新入りだから、少しでも稼いで役に立たないと、池の塒を追い出されてしまうんじゃないかって、いつもびくびくしてるんです」

五つになる弟の心中をぼそぼそと語った。

「馬鹿。そんなこと、おれはさせないよ。稼がなくたって、みんな、親のいない孤児なんだからよ。追い出したりなんかするもんか」

源七はそう言うと、俯いて唇を嚙んだ。

「そうかい。でも、親とはどうして」

お六が正平に問いかけた。

「おっ母さんと三人、下谷金杉《したやかなすぎ》の長屋で暮らしてたんだけど」

一昨年《おととし》の十月、近隣から火が出たのだと正平は語り始めた。

日暮れが近い時分だったが、仕事に出ていた母親はまだ帰ってきていなかったという。

火の手が迫ってくると、長屋の住人に、

「とにかく、上野東叡山に逃げろ」

と言われた正平は、信平の手を引いて東叡山内に逃げた。

そこで一夜を明かして金杉町に戻ると、住んでいた長屋とその近辺は焼失《しょうしつ》しており、母親の行方も、顔見知りだった人の行方もわからなくなっていたという。

寺の墓や祭壇《さいだん》の供《そな》え物《もの》を盗んだりして食いつなぎ、長屋のあったところに通い詰めたが、三月《みつき》経っても母親の行方はわからなかった。

それからしばらくの間、上野や浅草の寺社の床下で寝起きし、繁華な町のおこぼれに与りながら食いつないだ。

「そのうち、盗みが知れて追われたので、去年の十月頃、不忍池に逃げてきたんです」

正平が淡々《たんたん》と口にした。

「可哀相《かわいそう》に」

一言吐き出すと、お六は袂《たもと》を口に押し当てて、泣き声を抑《おさ》えた。

土を踏む音がして、お琴とお志麻が庭に姿を見せた。

「お勝さん、来てたんですね」

お志麻はそう言うと、

「長屋に帰って食べる間もないかもしれないと思って、お啓さんやお富さんと握り飯を作りましたから」

布巾《ふきん》で覆《おお》った皿を縁に置いた。

「あんたたちの分もあるから、遠慮なく食べてね」

お琴に笑顔を向けられた源七と正平は、ぎくしゃくと座り直し、緊張して頭を下げた。

「他の子たちはどうしてるんだい」

「伝兵衛さんの家にいる二人には、お富さんとお啓さんが夕餉を運んでやると言ってる」

お琴が、お勝にそう返事をした。

「伝兵衛さんの家にいた二人も来たいと口にしましたけど、ここに詰めかけてもなんだから、長屋でお待ちと言っといたわよ」

お志麻が告げると、源七と正平は神妙に頷いた。

そのとき、奥の部屋から出てきた白岩道円が縁に現れて、「はぁ」と大きく息を吐いた。

「先生」

「お、お勝さんも来ていたか」

道円は庭に向かって立ちながら腰に両手を当て、

「信平って子は、気がついたぞ」

体を後ろに反《そ》り返らせながら続けた。

「それを早く言ってくださいよっ」

お勝は、道円を怒鳴りつけながら腰を上げた。

五

白岩道円の屋敷は、繁華な通りから奥まったところにあって、静かである。

信平が寝かされていたのは、庭に面した六畳間より玄関に近いところにある診察したり施術《しじゅつ》したりする部屋だった。

お勝とお六は、枕元に膝を揃えて、仰向《あおむ》けになって布団に寝かされている信平の顔を覗き込んでいた。

外はすでに日暮れて、枕元に行灯《あんどん》がともされている。

先刻、道円から信平が目覚めたと聞くと、

「そのこと、長屋のみんなに知らせるね」

お琴はそう言って、お志麻とともに『ごんげん長屋』へと戻っていった。

お勝やお六と部屋に入った源七と正平は、穏やかな息遣いをして眠る信平の顔を見て安心したのか、仲間の待つ『ごんげん長屋』へと向かったばかりである。

信平はさっきから、眼を開けるのだが、すぐに眠たそうに閉じてしまうという動きを何度か繰り返している。

「また眼を開けた」

囁《ささや》いたお六が、信平に顔を近づける。

眼を開けた信平に、眼を閉じる気配はなかった。

「わたしたちが、わかるかい」

お勝が囁くと、二人の女の顔を見比べた信平は、

「おっ母さん」

呟くような声を洩らした。

「ま、そんなもんかね」

お勝はそう言って笑ったが、お六は「ウウウ」と、嗚咽《おえつ》を洩らすと、

「死なずに済んでよかったねぇ」

またしても袂で口を覆い、泣き声を抑えた。

眼を開けて二人を見ていた信平だが、すぐに瞼《まぶた》が重くなったのか、うつらうつらしたかと思うと、眼を閉じて寝息を立て始めた。

「お六さん、この間から気になってるんだけど、あんた、子がいるんじゃないの

かい」

お勝は、池の子供たちに対するお六の様子を見て感じていたことを、静かに口にした。

すると、大きく息を吸ったお六は、小さく頷いた。

「やっぱりね」

「でも、ふたつになったばかりの子を、死なせてしまったんですよ」

そう打ち明けたお六に、お勝は言葉を失った。

「隣村から亀戸村《かめいどむら》に嫁入りして、亭主と二人、田圃《たんぼ》と畑を耕していたんですよ。十年前、ふたつになった息子を畑の脇の草むらに、藁《わら》で作った籠に寝かせて土を掘り起こしていたんです。籠から這《は》い出しても、遠くに行けないくらいの帯を体に巻いて、近くの木の幹に結わえていたんだけど、しばらくしてから、手を止めて草むらの方を見たら、籠の周りにその子がいなかったんです。急いで駆け寄ってみると、体に巻いていたはずの帯が解けていて、草むらの先の小川に、うつ伏せになった子が――」

淡々と話していたお六が、そこで息を吞んだ。

「わたしが死なせたんです。油断したわたしのせいなんです」

お六の声は低いながらも、悔恨《かいこん》と激情に溢《あふ》れていた。

死なせた子の弔《とむら》いにも立ち会わせてもらえず、お六は婚家《こんか》から追われたと打ち明け、

「でも、弔いに立ち会わせてもらえなかったことは、仕方ないと思ってるんですよ。それはね。それよりも、親のちょっとした不注意で幼子《おさなご》を死なせてしまったってことは、今でも悔やまれるんです。胸も疼《うず》くんです」

「お六さん、もう、自分を責めなさんな。昼間、信平を助けたい一心で、町の通りを鬼の形相で駆けたんじゃないか。昔のしくじりは、そのことで差っ引かれたに違いないと思うよ」

お勝は静かに語りかけたが、お六はただ、寝入っている信平の顔をじっと見ていた。

行灯のともる部屋に、微かに葉擦《はず》れの音が届いている。

風が道円の屋敷内の植栽を揺らしているのかもしれない。

九つ（正午頃）まであと半刻《はんとき》（約一時間）という頃合いになって、お勝は『岩木屋』を出た。

「四つ半（午前十一時頃）に、根津権現の別当屋敷《べっとうやしき》においで願いたい」

目明かしの作造が、料理屋『喜多村』の隠居、惣右衛門からの言伝《ことづて》を、お勝にもたらしたのは、『岩木屋』が店を開けてすぐだった。

根津権現門前町や根津宮永町の町役人、奉行所の役人、それに、上野東叡山からも人が来て、〈池畔《ちはん》の子〉について話し合うので、関わりのあるお勝にも来てもらいたいというのが、言伝の趣旨《しゅし》だった。

車の後押しをしていた信平が炭俵にぶつかって気を失ったのは、二日前である。その日のうちに気がついたものの、頭部に痛みもあることから、念のため白岩道円の屋敷で養生《ようじょう》を続けることになっていた。

帳場を主の吉之助に託して『岩木屋』を出たお勝は、揃いの半纏《はんてん》を着て鉢巻《はちま》きを締めた三人連れや五人連れの男の一団とすれ違った。

明日の六月二十七日から、奥の院《おくのいん》への参詣《さんけい》を許される大山阿夫利神社《おおやまあふりじんじゃ》を目指す大山参りの連中に違いあるまい。

根津権現の境内に足を踏み入れたお勝は、社地の東側にある、昌泉院《しょうせんいん》の別当屋敷へ向かった。

案内を乞《こ》うと、若い僧が、日陰になっている八畳ほどの角部屋にお勝を導いてくれた。

「遅くなりまして」

お勝は、部屋の中にいた数人の列席者に挨拶《あいさつ》をすると、顔馴染《かおなじ》みの作造や根津宮永町の目明かし、権六の近くに膝を揃えた。

「お勝さん、顔見知りのお方は省《はぶ》きますが、こちらは、上野東叡山目代、田村権右衛門様」

惣右衛門が、一人、床の間を背に座っている羽織《はおり》の侍を指し示し、

「わたしの向かいが、根津宮永町の町役人の半助《はんすけ》さんだよ」

と続けて、五十絡みの商人風の男を引き合わせた。

「根津権現門前町の質舗『岩木屋』の番頭を務《つと》めております、『ごんげん長屋』の店子《たなこ》で勝と申します。以後、よろしくお願い申し上げます」

初めて引き合わされた二人に、お勝は手をついた。

部屋にはもう一人、顔馴染みである南町奉行所《みなみまちぶぎょうしょ》の同心、佐藤利兵衛《さとうりへえ》が惣右衛門の隣に膝を揃えている。

「さっそくですが、この場の話というのは、前もってお知らせした通り、不忍池の畔に小屋を建てて暮らす子供たちについてでございます」

この場を仕切っている惣右衛門が、静かに切り出した。

「〈池の子〉の始末については、田村様も気にかけておいででして、我ら町役人や奉行所の佐藤様も交《まじ》えて、何度か話し合いをしたことがございました」

惣右衛門の言葉に、田村権右衛門も佐藤利兵衛も、相槌を打った。

「子供たちを池から追い出すのは簡単だが、いずれかの土地で同じような暮らしをするだけではないかという心配も生まれますし、子供たちが町のならず者たちに取り込まれて、悪事に手を染めてしまう恐れがあると、以前、佐藤様は心配しておられました」

「さよう」

声を発した佐藤利兵衛が、厳《いか》めしげに頷く。

「しかし、町内に眼を光らせる作造親分や権六親分、自身番に詰めている各町役人の皆様の声を聞くと、〈池の子〉たちは、以前とは違って、このところ細工物を作ったり、物を売り歩いたりして働き、近辺の掃除も怠《おこた》らず、老いた者への善行を施《ほどこ》していることを田村様にお伝えしたところ、町の者たちが知恵を絞《しぼ》って、子供たちに手を差し伸べてはどうかとの話をなさいました」

惣右衛門のその発言に、田村権右衛門は大きく頷いた。

「田村様のその話を受けまして、各町の町役人、目明かしの親分たちが話し合いまして、人づてに子供たちの引き取り先、雇い入れ先などを当たったところ、今日までに、多くの申し入れがございましたので、詳しくは作造親分から」

「へい」

作造は惣右衛門に返事をすると、書付を取り出して広げた。

「谷中《やなか》の二寺からは小僧として引き取るとの返事があり、根津権現門前町の米搗《こめつ》き屋、玉林寺《ぎょくりんじ》門前の菓子屋、芝増上寺《しばぞうじょうじ》門前の畳屋、上野広小路《うえのひろこうじ》の飛脚屋からも住み込みで雇うと言ってきております」

話を終えた作造が書付を畳むと、

「その他に、夫婦になって何年にもなるが、子が出来ないので養子に欲しいというような話もいくつか来ております」

権六親分も付け加えた。

「それでお勝さんだが」

惣右衛門が少し改まると、

「はい」

お勝も思わず背筋を伸ばした。

「〈池の子〉と関わりを持ったお勝さんと『ごんげん長屋』の住人のお六さんとで、引き取りたいという申し出を受ける気があるかどうかを、子供たちに聞いてもらいたいんだよ。というか、先々のためにも、受けた方がいいと勧めてくれないだろうかねぇ」

惣右衛門の声には、子供たちを思う慈愛《じあい》の響きがあった。

「承知しました」

お勝は、惣右衛門に向かって両手をついた。

西日が大分傾いているが、日が沈むまでには、まだ間がある。

七つ（午後四時頃）を知らせる時の鐘が鳴ったばかりの根津権現門前町の通りを、お勝とお六がゆっくりと歩いていた。

昼前、根津権現社の別当屋敷での集まりに顔を出したお勝は、『岩木屋』に戻ると、吉之助に早退を申し出た。

上野東叡山目代をはじめ、近隣の町役人たちの依頼を受けて、〈池の子〉にそれぞれの行く道を勧める役を仰《おお》せつかった件を伝え、日のあるうちに子供たちと話し合いたいのだと言うと、

「店のことは心配なく」

との返事があった。

一旦、『ごんげん長屋』に戻ったお勝は、青物売りを終えていたお六に別当屋敷での話し合いの顚末を告げて、一緒に子供たちと会ってくれるよう頼んだのだ。

子供たちと会うのは、町役人の計らいで、根津権現門前町の自身番と決まり、

「七つ時分には子供たちを集めておくよ」

別当屋敷からの帰り、作造はそう請け合ってくれた。

お勝とお六が、自身番の表に立つと、上《あ》がり框《がまち》に腰掛けていた作造が腰を上げ、

「信平は道円先生の家で寝てるが、みんな中に来てるよ」

開いている障子の中を指し示した。

「後はお二人に頼みます」

作造は二人に軽く頭を下げると、鳥居横町の方へと歩き去った。

お勝とお六が上がり框から自身番の中に上がると、源七はじめ、三太、仁助、正平が、三畳の畳の間と奥の板の間に足を投げ出したり胡坐をかいたりして、不安げに待っていた。

「正平、信平の具合はだいぶよさそうだよ」

『岩木屋』への行き帰りに立ち寄っているお勝が言うと、

「あぁ、おれもさっき寄ったら、先生がそう言ってた」

正平が目尻を下げた。

「それで、おれたちに話っていうのはなんなんだい」

源七が、少し掠れた声で尋ねた。

お勝は、上野東叡山目代の田村家をはじめ、奉行所の同心、根津権現門前町、根津宮永町、谷中善光寺前町の町役人、目明かしが集まって、〈池の子〉の今後について話し合ったことを打ち明けた。

それは、子供たちを追い払うのが目的ではなく、子供たちによかれと思う方策なのだと力説した。

だが、子供たちからは、大した反応はない。

「どうした」

お勝が穏やかに問いかけたが、子供たちは首を捻ったり俯いてしまったり、別当屋敷でまとまった方策に関心を寄せているようには見えない。

「みんな、嫌なのかい」

少し焦《じ》れたお勝が声を掛けると、

「だってなぁ」

仁助から不満の声が洩れた。

「だって、何さ」

「別々のとこに行かされるってことだよね」

正平が、上目遣《うわめづか》いでお勝を見た。

「どこかに貰われていったって、ちゃんと飯を食わせてくれるかどうかわかりゃしねぇ」

冷ややかに言い放ったのは、源七だった。

「おれは、みんなと離れ離れになりたくねぇよぉ」

感情を露《あら》わにして三太が吠《ほ》えると、他の三人は膝を抱え込んで黙った。

「お前たちの寂しさはわかるよ。離れ離れになりたくない思いもわかる。だけどね、そんなものいっときだよ。ちゃんと働いて、生きていさえすれば、この先いつだってみんなと会えるんだ。生きていればねっ」

お六が、激しい声を子供たちに浴びせた。そしてさらに、

「こんな話が持ち上がったのも、以前はともかく、このところ悪さもせず、仲良くまともに暮らしを続けているのを町の人が見ていたからなんだよ。お前たちの

行く末を思ってくれた皆さんの思いやりを汲まないでどうするんだ。お前たちの行き先については、上野東叡山の目代様、南町奉行所のお役人様、根津界隈の町役人様の口利《くちき》きで決まったからには、間違いなんてことはないさ」

お六が言うと、子供たちはそっと顔を上げてお六を見やってから、お勝に眼を移した。

お勝は、大きく頷いた。

「お勝さんに三人の子供がいるのは知ってるだろう。手跡指南所に通ってる幸助とお妙ちゃんと、この前、大家さんの家で会ったお琴ちゃんだよ。周りの人はみんな知ってることだけど、あの三人の子供たちは、それぞれいろいろあって、あんたたちと同じ親とはぐれた孤児なんだよ。それをお勝さんが引き取って、これまで育てたんだ。世間にはそういう人もいるんだ。行った先で、もし嫌なことがあれば、お勝さんが雷《かみなり》を落としに駆けつけてくれるから、安心して行きゃあいいんだ」

お六の話に、子供たちは黙った。

静まり返った自身番の中に、物売りの声がふたつ入り交《いま》じって届き、いずこかへと遠のいていった。

「この話、受けようぜ」

源七が静かに口を開くと、他の三人も頷いた。

「料簡《りょうけん》してくれて、嬉しいよ」

安堵したのか、お勝の声は震えた。


あっという間に、季節は夏から秋に変わっていた。

〈池の子〉たちが、町の世話役たちの口利きを受け入れると決めてから、六日が経った七月二日である。

仕事を終えたお勝は、『岩木屋』を出ると、『ごんげん長屋』に帰る途中、いつものように白岩道円の屋敷に立ち寄った。

裏手に回ると、庭に面した縁で、正平と信平が団子を食べていた。

〈池の子〉たちの行き先は、先月のうちにとんとん拍子《びょうし》に決まり、正平は池の小屋を出て、道円の屋敷で信平に付き添っていた。

正平と信平兄弟は、竹林を持つ目黒の畑作農家に引き取られることが決まっており、道円の許しが出次第、目黒の養《やしな》い親が迎えに来る手はずになっている。

仁助は、上野広小路の飛脚屋に住み込み奉公に入り、三太は小石川の寺に行き、芝の畳屋で住み込み奉公をする源七は、近々、不忍池を離れるはずだった。

「お勝さん、不忍池から出るときは、ここに顔を見せるよう、源七ちゃんに言ってくれませんか」

「わかったよ」

お勝は、正平にそう返答すると、

「明日もまた顔を出すよ」

そう言い残して道円の屋敷を後にした。

武家地の途中から左へ道を取ると、根津権現門前町の表通りを鳥居横町へと向かう。

『ごんげん長屋』に通じる小路に入ろうとしたとき、項垂《うなだ》れて歩いてきた幸助が眼に入った。

「どうしたんだい」

「うん」

力なく声を出した幸助は、

「昼間、瑞松院の手跡指南所に源七って奴が来たんだよ」

と続けた。

「なんか、文句でも言いに来たのかと思ったら、不忍池から離れることになったから、ちょっと挨拶に来たって言ったんだ」

「へぇ」

お勝は、意外そうな声を洩らした。

「芝の畳屋に、住み込みの見習い奉公に入るらしい」

幸助が口にしたことは、お勝も知っている。

「源七は、お前たちに負けない職人になってやるからなって、胸を張ったよ。そんで、最後に、『いつかまた会おうな』って、そう言って走っていきやがった」

幸助はまるで怒ったように言い放った。だがすぐに、小さく下唇を噛んで俯き、

「おれ、もっと早く仲良くしておけばよかった」

ぽつりと呟いた幸助は、俯いたまま『ごんげん長屋』への小路に駆け込んでいった。

その後に続こうとしたお勝は、ふと立ち止まると、藍染川へと足を向けた。

池の畔にまだ源七がいるなら、会っておこうと思った。

池の北端の空き地に行くと、風呂敷包《ふろしきづつ》みを手に提げたお六の姿があった。

「みんないなくなってますよ」

「源七も、今日のうちに、芝の方に行ったようだねぇ」

言いながら、お勝は辺りを見回す。

掘っ立て小屋が建っていた辺りは綺麗に片付けられ、竈《かまど》の焦《こ》げの残った地面が、子供たちの暮らしの跡だということを偲《しの》ばせていた。

「お勝さん、わたし、久しぶりに母親の真似《まね》ごとができた気がしますよ」

「そしたら、明日から他の張り合いを見つけないといけないねぇ」

お勝が笑顔でけしかけると、

「えぇ。そうしますよ」

お六は笑って、ぽんと胸の辺りを片手で叩いた。

この作品は双葉文庫のために書き下ろされました。

双葉文庫

か-52-10

ごんげん長屋《ながや》つれづれ帖《ちよう》【五】

池畔《ちはん》の子《こ》

2022年9月11日　第1刷発行
2024年10月29日　第3刷発行

【著者】
金子成人《かねこなりと》

【発行者】
箕浦克史
【発行所】
株式会社双葉社
〒162-8540 東京都新宿区東五軒町3番28号
［電話］03-5261-4818(営業部)　03-5261-4868(編集部)
www.futabasha.co.jp(双葉社の書籍・コミックが買えます)
【印刷所】
中央精版印刷株式会社
【製本所】
中央精版印刷株式会社

【フォーマット・デザイン】
日下潤一

ISBN978-4-575-67127-8 C0193
Printed in Japan

金子成人
ごんげん長屋つれづれ帖【一】長編時代小説
かみなりお勝
〈書き下ろし〉
根津権現門前町の裏店を舞台に、長屋の人情や親子の情をたっぷり描く、くすりと笑えてほろりと泣ける傑作人情シリーズ、注目の第一弾！

金子成人
ごんげん長屋つれづれ帖【二】長編時代小説
ゆく年に
〈書き下ろし〉
長屋の住人で、身重のおたかが倒れてしまった。周囲の世話でなんとか快方に向かうが、亭主の国松は意外な決断を下す。落涙必至の第二弾！

金子成人
ごんげん長屋つれづれ帖【三】長編時代小説
望郷の譜《ふ》
〈書き下ろし〉
長屋の住人たちを温かく見守る彦次郎とおよしの夫婦。穏やかな笑顔の裏には、哀しい過去が秘められていた。傑作人情シリーズ第三弾！

金子成人
ごんげん長屋つれづれ帖【四】長編時代小説
迎《むか》え提灯《ちょうちん》
〈書き下ろし〉
お勝の下の娘お妙は、旗本の姫様だった⁉ 我が子に持ち上がった思いもよらぬ話に、お勝の心はかき乱されて――。人気シリーズ第四弾！

坂岡真
はぐれ又兵衛例繰控《れいくりびかえ》【一】長編時代小説
駆込み女
〈書き下ろし〉
南町の内勤与力、天下無双の影裁き！「はぐれ」と呼ばれる例繰方与力が頼れる相棒と悪党退治に乗りだす。令和最強の新シリーズ開幕！

坂岡真

はぐれ又兵衛例繰控《れいくりびかえ》【二】

鯖《さば》断《だ》ち

長編時代小説
〈書き下ろし〉

長元坊に老婆殺しの疑いが掛かった。南町の協力を得られぬなか、窮地の友を救うべく奔走する又兵衛のまえに、大きな壁が立ちはだかる。

坂岡真

はぐれ又兵衛例繰控《れいくりびかえ》【三】

目白鮫《めじろざめ》

長編時代小説
〈書き下ろし〉

前夫との再会を機に姿を消した妻静香。捕縛した盗賊の疑惑の牢破り。すべての因縁に決着をつけるべく、又兵衛が決死の闘いに挑む。

坂岡真

はぐれ又兵衛例繰控《れいくりびかえ》【四】

密命にあらず

長編時代小説
〈書き下ろし〉

非業の死を遂げた父の事件の陰には思わぬ事実が隠されていた。父から受け継いだ宝刀和泉守兼定と矜持を携え、又兵衛が死地におもむく！

坂岡真

はぐれ又兵衛例繰控《れいくりびかえ》【五】

死してなお

長編時代小説
〈書き下ろし〉

殺された札差の屍骸のそばに遺された、又兵衛の義父、都築主税の銘刀。その陰には、気高く生きる男の、熱きおもいがあった——。

佐々木裕一

新・浪人若さま 新見左近【九】

無念の一《ひと》太刀《たち》

長編時代小説
〈書き下ろし〉

勅額火事から一年。町の復興が進む中、大火の折に武家の娘が攫われたとの噂を耳にした左近。さっそく近侍四人衆に探索を命じるのだが。

佐々木裕一
新・浪人若さま 新見左近【十】
嗣縁《しえん》の禍《わざわい》
長編時代小説〈書き下ろし〉
将軍綱吉には隠し子がいた!? 思わぬ噂を耳にし、これで西ノ丸から解放されるとばかりに喜ぶ左近だが、何者かによる襲撃を受けて――。

佐々木裕一
新・浪人若さま 新見左近【十一】
不吉な茶釜
長編時代小説〈書き下ろし〉
高家の吉良上野介が手に入れた茶釜が屋敷から消えた。この思わぬ騒動が、天下を揺るがす大事件にまで発展し――。驚天動地の第十一弾!

千野隆司
おれは一万石
花街《かがい》の仇討ち
長編時代小説〈書き下ろし〉
三十年もの長きにわたる仇捜しの藩士。恋仲の娘を女衒から奪い返すべく奔走する御家人の三男坊。二つの事件は意外なところで絡み合い!?

千野隆司
おれは一万石
世継《よつぎ》の壁
長編時代小説〈書き下ろし〉
正国が隠居を決意し、藩主交代の運びとなった高岡藩井上家。正紀の藩主就任が間近に迫るなか、阻止せんとする輩が不穏な動きを見せる。

千野隆司
おれは一万石
藩主の座
長編時代小説〈書き下ろし〉
廃嫡を狙う正棠たちの罠に嵌まり、蟄居謹慎の身となってしまった正紀。藩主交代を目前にして、窮地に追い込まれた正紀の運命は――!?